王占元 著

衍水行吟

YAN

SHUI

XING

YIN

中国出版集团
现代出版社

图书在版编目（CIP）数据

衍水行吟 / 王占元著. -- 北京:现代出版社,
2022.12
　ISBN 978-7-5231-0097-4

　Ⅰ．①衍… Ⅱ．①王… Ⅲ．①诗词－作品集－中国—
当代 Ⅳ．①I227

　中国版本图书馆CIP数据核字 (2022) 第245037号

衍水行吟

著　　者	王占元	
责任编辑	张红红	
出版发行	现代出版社	
地　　址	北京市安定门外安华里504 号	
邮政编码	100011	
电　　话	010-64267325　010-64245264（兼传真）	
印　　刷	北京建宏印刷有限公司	
开　　本	710mm×1000mm　1/16	
印　　张	14	
字　　数	207千	
版　　次	2022年12月第1版　2023年1月第1次印刷	
书　　号	ISBN 978-7-5231-0097-4	
定　　价	69.80 元	

情临激荡触心淌　诗有天机待时发

——王占元《衍水行吟》诗词集序

　　五品诗社首任社长王占元的《衍水行吟》诗词集即将付梓，遵"东家"意思给这本书写几句话。

　　占元是五品诗社发祥的贵人，是我的好兄弟。其人有异禀、有志向、有担当、有作为，行事低调实在。

　　那年，占元由辽宁本溪溪湖供电分公司调到辽宁本溪南芬供电分公司工作不久，因为志华先生的一本《我思我写》书法和诗词集我与占元结缘，慢慢我们就共同融入了一个热爱诗词的圈子。2007年，在一个正月打雷的不寻常日子里由志华发起，占元当社长、我任秘书长的五品诗社成立了。我记得那时占元与我都才学写格律诗不久，占元得到了志华的一本入门书，于工作之余，孜孜不倦，写诗填词上道，正如占元自己所说的，"受周围几位铁杆诗友的影响熏陶渐入正道"。直到五品诗社第一部诗集《五品雅风》出版，占元的朋友圈顿时炸开：从未听说占元对古典诗词还有爱好啊，怎么还出了书，当了五品诗社的社长，还成了中华诗词学会的会员。朋友有所不知的是，天上不会掉馅饼，当许多朋友在一天天茶水、酒局和麻将中消费得不知"今夕何夕"之时，可知道占元从到南芬起，除了工作，已然把不少的精力用在了对吟咏、平仄的推敲上。那可是"衣带渐宽终不悔""为诗消得人憔悴"的一段过往啊，正是这样的消磨，寒暑十易，曲不离口，集腋成裘，方才有了这本《衍水行吟》的集成。

　　我从几个方面谈谈对这本诗词集的读感。

一、唯情、唯美又唯爱，行吟衍水听天籁

写诗唯情，情思情采，诗情画意。情是诗词创作的驱动和起落点。而情绪的调动和发生，没有生活的触动、感情的回荡，是强道不来的。有道是："诗有天机，待时而发，触物而成，虽幽寻苦索，不易得也。"（明·谢榛《四溟诗话》）所谓："尽日觅不得，有时还自来。"（唐·贯休《诗》）靠的是情感、灵性、诗兴勃发，是生活环境与诗人的心境互相激荡使然，情生，就妙语连珠、自然成趣。

如《浪淘沙·有感五品诗社社旗诞生》："儒愿寄红黄，徽识飞扬。简约古朴蕴沧桑。粗犷豪情真五品，魅力铿锵。艺海沐春光，古韵今昌。欣歌一曲醉倾觞。帜舞心潮催笔赋，贺诵千行。"你会想到作者从红黄的旗色、徽标的寄情和寓意写起吗？诗中，作者用了"寄""飞扬""蕴""铿锵""沐""倾""舞"等大量动词，给读者一种目不暇接的"动态"和"动画"之美，让人情不自禁地走进诗词的意境美感之中。

在作者的诗词集中，有"随任南风吹玉树，只吟北雪颂金兰……冰心禅境平如水，墨海诗田醉若仙"（《七律·调任屯建公司》），升迁按说是一件叫人按捺不住情绪的喜事，但作者内心的宁静和自若凸显出他的低调。还有"枫枝托圣火，柞叶弄黄烟"（《携孙儿全家秋游关门山感怀》），不说枫枝似火，而说枫枝托圣火，枫枝怎么可以同火放在一起？还有，柞叶怎么可能与烟放在一起？这就是性情的夸张，但实在又是理性的观察。秋枫如火，是说它像火，枫枝托圣火，那么枝上就是火，直接，"解恨"。接着是满山的柞叶在秋风中舞动幻烟，这两句就表达得恰到好处了，所以令人玩味。还有《鱼趣——和诗友作》中的："莲花绽放立萍中，几尾闲游其乐融。虽是鱼肥增诱色，慈心怎忍做渔翁。"作者看到鱼儿在莲塘中悠游往来，给人带来那么多的惬意和享受，由此而想到：人啊，怎可忍心去做一个捕捞它们的渔翁。

他的诗词中多处写到人情世故，酬和答对，无不给人以百变情态和情感体验之享受。这些都是他善于观察、精于提炼、思接千古、情逐风云之成果，令人感叹！

唯美，乃"不是动心不动手"的审美，"语不惊人死不休"的执着！美的人是赏心，美的花是悦目，美的色是雨后天晴，美的事物是气畅中和。美之于情感是舒坦，美之于诗词是妙不可言。

赏一首《西江月·盼春》："雪域冰封塞北，诗坛情汇城南。且将新墨写春还。期待桃花盛宴。静赏东君岁岁，闲吟五品年年。澄怀把酒尽倾欢。心也春光无限。"就觉得跟着读心里也春光无限起来。《临江仙·诗语桃花》："雨霁苍山空远，风停阔野清鲜。群峰衔翠簇烟岚。湖光涂涧水，江影动春山。放眼晴川回首，畅怀舒绪凭栏。吟行闲续捋拙篇。桃花十载梦，诗语半生缘。"这首临江仙词就特别有美感，尤其是词牌的上、下阕开头两句和最后两句，占元都把它写成对仗的形式。这个词牌在古人那里好像不一定要对仗的，但占元用对仗的要求把临江仙的词牌发展了，让我这个平时很不在意的人，突然就喜欢上了临江仙。正所谓：美是可以"传染"的。

唯爱，其实也是唯情、唯美一体多面的集成感受和愉悦。换言之，是你中有我，我中有你，你离不开我，我离不开你；你我在，就有感应和火花，你我分，你我的世界就了无生趣、一片死寂！当然这个"你"可以是人，也可以是物，总之，你和我，必须是创作对象和创作者主体。因此，爱，是创作者对创作对象的一种眷顾怜惜，是一种感叹情怀，是一种自发心动！

占元诗里的爱，是占元带着情感与事、与物、与人擦出来的火花，集在他的诗词中就是一个耀眼的、带有情感的唯美世界。这种爱，你单凭字眼是看不出来的，因为他没有像"停车坐爱枫林晚"那样把"爱"字直接写出来，但你却能处处感受到。然如写酒，他可以不提一个"酒"字；写人的"好"，他也可以不提一个"好"字。可以直写"高粱水、先醉腿、活见鬼"等，人就明白了酒；可以直写"洞房昨夜停红烛，待晓堂前拜舅姑。妆罢低声问夫婿，画眉深浅入时无"等，比写一千个"好"、一万个"爱"字都要好、都要爱、都要生动感人！

试读占元的诗句："信仰忠诚主义真，丹心铁血铸雄魂。凛然浩气传千古，不朽精神育后人。"（《英雄精神永存——寄语南芬区苗可秀学校》）"苍山雨润汇云腾，旷野烟浮幻景生。把酒临崖仙去处，邀天共饮醉风亭。"（《把酒醉风亭——和志华兄作》）"露浴温馨期梦浅，怡情几许掠心头。"（《七律·夜浴枫香谷》）"和煦风吹敞户开，温馨茶道润澄怀。只因通会三兄意，盛待知心老友来。"（《待客》）"合享亲情仁爱多，家融福汇倡人和。欢愉更有心胸暖，乐满同堂启颂歌。"（《慈怀》），等等，不一而足。像占元这些写山、写水、写人、写事的诗，字里行间都倾满爱和情。这也是志华先生在五品诗社好多个集会场合上强调一名诗人要有博爱和大爱之怀的原因——只有对祖国有爱，对河山有爱，对人对事物有爱，才能有"文思泉涌"的创作激情和收获世外天籁的前因与后果！

二、是山、是水都是恋，收罗诗心成大观

这些年我受志华和占元的影响一边写诗，一边研究其理，我初步总结了一首好诗词的基本要素应该是五点：一思想、二情感、三文采、四画面、五音乐（或节奏）。具体要求就是：胸怀云岭、思想旷达，情感丰富、细致入微，文采飞扬、引经据典，画面生动、典型多彩，节奏起伏、荡气回肠（音乐起伏跌宕）。用这些要素看占元的诗词，都可以说是"五彩"缤纷，自然天成。

来看他 2014 年 9 月 28 日的一首《临江仙·登丹东凤凰山》："澄宇清风秋色好，晴曦沐浴层峦。枫林霜染尽斑斓。苍松遮栈影，红叶映崖丹。崎路蜿蜒连峭壁，峰回忽转延绵。屡攀再越几重岩。心宽舒放眼，绝顶览关山。"全词十句，读后可以在你脑海里映出至少九幅秋色画面。画面感太丰富了，且不带重复。我就想了：一些不开窍的画家要是看到这首诗，何愁心里没有画面啊？为什么我主张画家要读诗词、要会写诗词，我甚至认为世上不会写诗词的画家只能叫"画画的"，不能叫画家。这首词的画面感卓然不群的是其艺术价值，其实重要的还有其思想价值，这才是我们必须注意的一个亮点。读词嚼味，我们不难理解他的这首词铺陈了那么多的"景语"原都只为最后一句的"情思"而服务，那就是"心宽舒放眼，绝顶览关山"。常态看，前面几句写看到的景色如画就算了呗，但"燕雀安知鸿鹄之志哉"，作者在最后突然一个反转，顿时让其思想高度提升了。

我们许多写诗词的只知道把句子写美了就行了，却不知道好的和有分量的诗词无一不是表达思想的手段。只有有思想内涵的诗词才是有生命力的。只有用静物、景物把思想的棱角包裹得紧紧的诗词，才会看似寻常，实则很不简单。这是写诗填词、谋篇的一个功夫，需要的是文学艺术的积累，更需要思想和哲学的修为。

这类的诗词还有很多，譬如他在 2016 年 4 月 1 日创作的《江城子·登雷峰塔》："登临会览释怀澄。碧湖清。荡舟横。莺柳叠春，新绿蕴山中。悉数孤山楼外景，十余处，载芳名。夕晖一缕照雷峰。晚霞明。向和风。疏暖时宜，看淡抹妆容。仙迹萦回遗浪涌，期暮雨，忆缘情。"这是体现作者情重如山的一首好词。这里不仅有对雷峰塔的近观，也有远瞩，那么多现实的、历史的画面扑来，都只是一种"缘情"。这首词的思想就是"和"，景观的不同，也是"和"，是谓"和而不同"，"缘情"的"和"，是西湖一段难忘的佳话！

再来说文采。文之情采，是辞藻华丽的一个标志。说字字珠玑、引经据典、意蕴深长、描写恰当已经不易，然典故在诗中的揳入，匠心独运，更非一日之功。

占元在多首诗词中将典故恰到好处地糅在诗词的关键之处，使诗词在艺术表达上入情、入理、入境、入趣。试看他的《鹧鸪天·闲思》："冬去春来依序还，光阴岁逝亦云烟。是非恩怨随风去，荣辱得失已境迁。心愈淡，体趋坚。闲时少去忆当年。悠然夕沐东篱下，把酒听蝉五柳前。"词中最后两句典故运用得自然贴切，真是巧妙。还有《西江月·感怀志华兄退休》："信步闲吟阆苑，纵情醉写江山。狼毫劲舞逸无边。诠释临池点点。起落沉浮宦海，得失宠辱桑田。澄怀独钓子陵滩。一任山高水远。"这里对严子陵典故的引用，让读者鉴古观今，感慨唱叹而意味深长。

还有一首《七律·元旦感怀》："阳光一缕照初晨，才醒朦山万象新。时转乾坤终蓄影，人增寿岁尽留痕。情疏锦里三国远，心向辋川五柳深。荣辱得失成往事，余生已不问浮沉。"这诗中第五句和第六句太经典了，只这两句就让整首诗高下立现眼前！

三、是雅、是风、是心血，如歌行板歌一阕

我要说占元诗词的雅，是他给人的审美、舒适的艺术价值。像他的《题朋友微信墨底无名小花照》："仙葩绽放玉脂凝，嫩蕊娇柔底色清。默默祥开禅不语，无心与世秀娉婷。"望文生义的话，叫我这个局外之人都叫绝得"不要不要"的。这就是雅致。类似这样的诗词在这个集子里俯拾即是，但要说严格与别的诗用特点区分开，似乎也难，因为我在上面也说了"我中有你……"

风与雅互为联系是风雅，但我在这里所指的风是与格相联系的风，是谓风格。格是什么呢？格为式，是形式，是格律。占元在格律的探索上是有心之人，因此，他对于格律是有自己的理解和探讨的。我前面曾提到他对"临江仙"的应用与探讨，他是发展地运用了这个词牌（哪怕是一点点的发展）。但积极传承传统，借古人的杯，装自己的酒，对大家来说是有益的尝试且备受启发的。

写到这里，想套用"一寸山河一寸血"来说这本书：一阕诗词一寸肝，披肝沥胆吐心言。今生小试雅风颂，留给儿孙没事翻。

最后我愿用我写给占元的一首七律为本文作结。

读占元诗词集

情临激荡触心淌，诗有天机待命发。

字炼句琢辞近妙，文修言止意无涯。

鬓花霜迹吟千首，云岭高怀胆一家。

半世蹉跎成过往，骚人兴会写芳华。

张全国

2022 年 3 月 5 日

目 录 |CONTENTS

二　春雨桃花

三　感事抒怀

四　尘封往事

五　一叶秋情

六　风雪冬吟

七　畅意随吟

一

情恋山水

西江月·夜游鸭绿江

远眺星灯暗淡，近萦泉乐悠扬。霓虹闪烁映轩窗。两岸同江别样。
共享芳辰诗酒，相欢午夜时光。笙歌伴影兴游江。几许清波荡漾。

2009.7.26

西江月·平顶山

几度登临悟远，数回伫立思源。乾坤魔力筑平巅。独处山城耀眼。
今日兰亭廊转，当年弹壁壕环。曾经铁马战犹酣。历历残垣再现。

2015.5.28

西江月·游老边沟

鸟唱悠声鸣谷，水流清乐和弦。绿荫幽径溯溪源。吸惹游人延返。
虽是累劳筋骨，却欣丰润容颜。畅余身逸似华年。心事澄怀趋远。

2013.7.6

临江仙·碧海普吉岛

云淡天高连碧海，波光潋滟无边。和风疏浪荡青岩。循期潮起落，日尽月高悬。　　戏水崖池天地阔，无忧畅绪连连。柔肢击水尽情欢。不言尘岁短，只顾忘流年。

2016.12.15

临江仙·游江心屿

江心屿，位于温州市区北瓯江中游，与鼓浪屿、东门屿、兰屿合称中国四大名屿。该屿风景秀丽，东西双塔凌空，名胜古迹众多，如宋文信国公祠、浩然楼、谢公亭、澄鲜阁等。历代文人李白、杜甫、谢灵运、孟浩然、韩愈、陆游、文天祥等都曾相继留迹江心屿，题咏江心屿诗词500余首。其被称为"瓯江蓬莱"，是瓯江上的一颗璀璨明珠。2017年2月1日久慕一游。

林茂篷荫双塔立，千秋遗迹铭清。轩联古寺对争鸣。苍榕聆暮鼓，白水伴晨钟。　　胜境引来千载赋，纷临雅客匆匆。闲吟游记一时兴。大江声久远，孤屿蕴诗情。

2017.2.1

临江仙·泛舟青山湖

衣翠青山连碧水，晴空踏浪舟行。不时三两鸟蝉鸣。倚舷凝望远，诗画满襟胸。　　沁肺清风拂袖煦，漫聊几度人生。难得益友趣相同。信由情释远，畅意惠心程。

2016.8.6

浪淘沙·友聚觉华岛抒怀

气爽日高悬，碧海蓝天。粼光细浪曳篷船。彩帐滩涂欢尽饮，杯酒消闲。心逸动思宽，往事浮烟。几经宦海弄征帆。感慰时迁真挚在，风雨依然。

2014.8.9

临江仙·瞻仰杜甫草堂

草舍千秋留后世，遗诗万古名篇。君风代代咏相传。疾呼天下事，忧记庶民寒。　　虽已穷年仍未志，执着难改依然。衷情《可叹》印心弦。堂前瞻故圣，仰慕敬先贤。

注：杜甫诗《可叹》中有"死为星辰终不灭，致君尧舜焉肯朽"。

2013.1.1

九寨路上

远望峰巅素雪皑，近看流水绿鲜苔。

高原颢气观重景，欣悦冬春并季来。

2006.3.27

九寨沟五彩池

神池五彩映斜阳，幻影迷离璀烁光。

圣境人间疑是处，瑶池仙女可梳妆？

2006.3.28

船过巴雾峡睡女峰

粼光碧水绕峰峦，巴雾群山隐现船。

峡揽平湖惊世界，仙姿睡女可安眠？

2006.4.1

船过瞿塘峡白帝城

浑曦淡雾漫瞿峡，古道山间隐有家。

寻故猿声何处去？诗仙当叹世繁华。

2006.4.1

船过巫峡十二峰

沧桑巨变谁能证，雄踞巫峡十二峰。

神女历经千古事，唯尊当代众贤翁。

2006.4.1

重庆印象

高山陡壁建奇楼，飞架虹桥驭堑沟。

秀美陵江漂玉带，霓虹闪烁耀渝州。

2006.4.2

游桓龙湖

五女朦胧四月初，拣石趣戏溅龙湖。

春江知暖鸭戏水，万物青山待复苏。

2006.4.8

七律·桓龙湖抒怀

2006 年溪湖供电分公司春检总结会后，全体生产人员畅游桓龙湖。

群峰葱绿嵌明珠，漫渡清风醉夏湖。

万顷粼光知水远，千层碧浪尽波逐。

不因往日安全稳，哪有今朝意境舒。

心悦河山尤壮美，澄怀随想尽连浮。

2006.6.9

溧阳天目湖情思

和煦清风漫碧湖，夕晖晚照溧阳都。

天公瞬变晴施雨，北望山乡忽觉孤。

2006.7.28

钟山俯瞰

名扬天下号文枢，千古秦淮邹鲁出。

放眼钟山俯广厦，金陵不愧六朝都。

2006.7.29

晨抒溧阳天目湖

雨霁湖光山色远，盘藤含露树鸣蝉。

温馨幽静晨曦路，闲入空清人逸然。

2006.7.29

夜游南京秦淮河

秦淮河影映霓虹，彩画游船古色浓。

盈路人喧逐闹市，欣逢盛世更兴隆。

2006.7.29

春游大梨树

春花绽放染枝头，百艳千芳溢满沟。

争摄嫣容成玉照，果园十里竞风流。

2007.5.5

七律·春游天桥沟

春山跃上似超凡，紫气烟峦聚众仙。

晓月峰青穿日影，金鸡崖秀展松颜。

神功筑岭天成就，鬼斧劈河地造全。

满目芳花得畅意，一池碧水系流连。

2007.5.6

游张家界金鞭溪

林间溪水潺，峡谷坠金鞭。

相伴已千古，传说经历年。

2007.5.25

天子山点将台

登峰悦目览奇观，挺峻青岩万仞山。
好是仙人神布阵，千军万马列君前。

2007.5.27

桂林茅岩河漂流

烟雨雾衔山，茅岩河上船。
相击瓢水起，赤臂尽欢颜。

2007.5.28

观印象刘三姐

芭蕾水上秀新篇，开创先河舞巧编。
媚丽漓峰环绕幕，群星演绎古今天。

2007.5.29

阳朔印象

楼山咫尺雾延绵，峰转庭台画锦檐。

碧玉漓江仙境美，西街夜逛绚霓烟。

2007.5.29

五律·阵雨游漓江

风雨骤漓江，凭船走画廊。

凤竹呈媚态，壁马化烟妆。

郁郁青山秀，潺潺碧水茫。

开襟抒畅意，奋欲饮琼浆。

2007.5.29

游火焰山

扑额热浪卷黄沙，艳照天高晒壁崖。

当谢悟空三借扇，传扬千古耀中华。

2007.8.8

月牙泉夕照

夕阳遥映月牙弯，古刹披辉伴秀泉。

由任风沙旋拽去，妆容依旧越千年。

2007.8.11

穿越戈壁滩

天苍茫野尽沙山，大漠荒饥无绿颜。

滩旷路直连广宇，颠簸半日盼孤烟。

2007.8.11

秋游关门山龙门峡

林峰尽染绘山丘，峡谷龙门涓细流。

爱在山川风景美，争相留照锁丰秋。

2007.10.5

登关门山小黄山

秋林五色染群山，络绎游人兴致然。

挥汗拾级八百磴，绝崖尽览硕丰年。

2007.10.13

登天华山通天峡

峭壁凌空险，秋阳一线天。

衔云峡古道，越上汗湿颜。

2007.10.14

七律·游长白山绿渊潭

稀峡僻处嵌幽渊，雅致玲珑别洞天。

壁立如峰拥万木，潭深似镜映千颜。

鸟穿湍瀑高歌舞，人过崖桥信步闲。

仙境神驰归似梦，童心逸态近飘然。

2008.6.21

清平乐·登长白山白云峰俯瞰天池

　　群峰突兀，几越盘山路。折转车旋八百度，俯瞰仙池眩目。　　　披风远望云逐，江天寥廓心舒。天赐神功造化，世得璀璨明珠。

2008.6.21

黄山飞来石

　　神仙好似展雄才，运臂飞石立断台。
　　思望英姿疑道法，乾坤奇事笑难猜。

2008.9.3

清平乐·黄山松赞

　　黄山松以其独特的外形，在松科中独树一帜。它独特的根须能分泌一种酸汁，这种酸汁能腐蚀坚硬的花岗岩石，使其形成深沟。根须直入，或嵌入绝壁，或嵌入石峰。黄山松迎风斗雪，傲然挺立。它顽强的性格，令人寻味……大千世界，万物皆灵，适者生存。

　　磐石做母，争把云为乳。酝泌酸汁溶制土，劲恋根须深触。　　　随任骤雨疾狂，生情不惧冰霜。虽处悬崖峭壁，从容迎送朝阳。

2008.9.3

情恋山水

黄山丹霞峰观日出

淡雾薄纱转瞬空，轻风浪卷又烟浓。

熹微浅照千重嶂，日现东方一点红。

2008.9.4

清平乐·游黄山情人谷

山青水绕，情侣林荫道。石巨惊人难始料，气势超然绝妙。　　传说久远思缘，环池浮想联翩。碧水犹琴悦耳，溅溪博笑伊颜。

2008.9.4

参观中国甲午战争博物馆陈列馆

沧海茫茫蓄怨深，悲倾泪下悼忠魂。

心酸辱史填胸愤，恨不挥刀向寇人。

2010.3.11

八仙过海海口

惊涛滚滚浪千重，拍岸声声震欲聋。

放眼云烟天尽处，茫茫沧海锁仙踪。

2010.3.12

烟台张裕酒庄品酒

琼浆醇厚窖香浓，玉液凝杯饮望盅。

品味千年蒸酿史，中西比对话传承。

2010.3.12

飞抵版纳

晨迎北雪冽风寒，晚遛澜沧江畔闲。

纵跨山河行万里，寅冬一日变春天。

2010.3.20

澜沧江畔月夜饮酒

风清适进酒，月夜好凉身。

海阔千杯少，知心不醉人。

2010.3.22

丽江黑龙潭

绿柳香花滋蔓生，清潭秀榭缀桥横。

潺湲琴曲悠然去，细水涓涓润古城。

2010.3.23

丽江古城印象

叠楼小巷比相邻，碧水石桥翠柳荫。

茶马银铃响古道，兴隆贸易至今新。

2010.3.23

登武夷山一线天

仰视天光一线通，凌空夹壁缝难容。

俗心欲览外山景，奋勇屈伸挥汗登。

2011.3.11

五律·乘竹筏游武夷山九曲溪

九曲武夷水，沧桑晒布崖。

清风拂翠谷，绿鸟戏烟花。

杆舵牵溪路，竹筏载客家。

艄公解趣事，戏语话桑麻。

2011.3.11

乾陵无字碑

柔刚气魄逆随波，何惧微词亘古多。

大业碑铭不自撰，千秋功过后人说。

2012.1.29

清平乐·西安大雁塔夜市

霓虹闪耀，十里长街罩。不夜城池彰旧貌，胜越辉唐再造。　　悠扬古乐云霄，思回历数前朝。兴业今非夕比，和谐盛世陶陶。

2012.1.30

清平乐·登华山

悬崖脊背，路险心生畏。擦耳贴岩行壁累，更恐石倾欲坠。　　愈难愈上心诚，激情奋勇攀登。悦领巅头万里，征服脚下群峰。

2012.1.31

华山写真

东尊五首映朝霞，北踞云台视各家。
玉女中环瞻落雁，西峰远眺若莲花。

注：华山五峰环峙形称，东峰朝阳峰，南峰落雁峰，西峰莲花峰，北峰云台峰，中峰玉女峰。

2012.1.31

下榻杭州西湖柳莺宾馆

暮雨淅淅润柳莺，亭栏曲径洗幽清。
忽来忆起许仙子，觅道寻缘借伞情。

2012.5.24

寄思老边沟

群峰葱郁动岚烟，雨霁临风兴致闲。
催唤青枫红胜火，寄思丹叶落秋山。

2013.7.6

临江仙·丹霞山览胜

栈道蜿蜒攀越上，巅峰极目凭栏。烟波浩渺贯霞山。层峦奔象勇，碧水
映崖丹。　最是阴阳呈力作，堪称世界奇观。神功魔力法通天。乾坤多少
事，欲解费思眠。

2014.2.7

游水上丹霞眺望茶壶峰

乘船水上看丹霞，悟领群山叹峻崖。

欲揽峰壶盛圣水，真诚款待客千家。

2014.2.8

广州流花湖西苑小厨品茶

饮茶西苑雨窗前，戏水湖鸭伴两三。

叙品香茗心悦事，一池恋趣半生缘。

2014.2.9

登嵩山望书册崖

奇崖如册临风立，物造神功耐品读。

远古沧桑曾记否？谁能阅解此天书。

2014.4.8

游少林寺

松遮隐院避尘喧，历练禅修幽谷间。

剑使驱邪匡正义，行侠天下誉名传。

2014.4.8

浪淘沙·鹭岛觅行

宇朗煦风和，绿水山郭。陌边柳翠影婆娑。潜荡激情寻雅地，一路欣歌。

美景悦心河，引韵吟琢。东山日渐落西坡。欲赏仙姿何处是？十里烟波。

2014.5.10

浪淘沙·盘锦红海滩轮滑赛

滩海浸红颜，一望无边。欣欣蓬草泛霞烟。十里碱滩铺锦道，锣鼓旌幡。

大赛会英贤，童叟名媛。英姿飒爽勇当先。老骥曾兄摘桂冠，誉响关山。

2014.5.16

浪淘沙·登泰山玉皇顶

绝顶望川山，浪涌生烟。茫茫云海与天连。古刹疏钟霄汉远，避锁尘喧。
圣地誉名传，历拜朝仙。帝王封禅史空前。悉数兴衰千古事，傲视人寰。

2014.6.1

临江仙·泰山摩崖石刻

篆写磐石棋布，楹联分缀牌坊。山铭丽句刻崖桑。禅思深奥远，镌法劲
犹狂。　　丰厚中华底蕴，乾坤举世无双。苍苍东岳载名扬。尊翁居五首，
光耀属炎黄。

2014.6.1

泰山挑山工

赤肩裸背古铜颜，稳健低频步履坚。
汗透湿流无觉意，一心执韧向山巅。

2014.6.1

凤凰山戏饮红牛

老牛背上饮红牛，脊陡难行焉用愁。
无畏渊深临栈壁，绝崖峭景尽情收。

2014.9.28

临江仙·登丹东凤凰山

澄宇清风秋色好，晴曦沐浴层峦。枫林霜染尽斑斓。苍松遮栈影，红叶映崖丹。　崎路蜿蜒连峭壁，峰回忽转延绵。屡攀再越几重岩。心宽舒放眼，绝顶览关山。

2014.9.28

登铁刹山

拾级九转上仙台，极目空山虑顿开。
紫气轻袭消蓄怨，红尘淡抹释襟怀。

2015.4.24

临江仙·登铁刹山

　　三测三山合九顶，仙人悟道高深。天殖洞府又八珍。云光通院落，铁刹入林荫。　　寒夜紫霄清苦志，诚修面壁丹心。笼香羽化逝红尘。经声传玉宇，正气满乾坤。

2015.4.24

采桑子·游平顶山

　　清风舞叶悠声唱，柳态婀娜，松影婆娑。欣踏疏林五月歌。　　登临尽览兰亭卜，订阔城郭，衍水银波。几载乡情几载说。

2015.5.30

浪淘沙·天华山

　　细雨润山清，叶翠晶莹。穿林越涧伴涛鸣。狭路崎岖攀越上，紫雾轻轻。满眼寄秋情，步履天庭。沉胸振臂和遥声。尽享舒颜天地气，以慰心灵。

2015.8.8

东川落霞沟

红土东川岭上花，白墙黛瓦映沟华。

疯拍一路秋乡色，醉罢青山醉晚霞。

2015.10.14

浪淘沙·元谋土林

陡峭印沧桑，逝岁悠长。历经风雨更轩昂。傲骨朝朝迎日沐，绮丽风光。

天地济苍苍，尘世泱泱。探奇寻觅亦彷徨。感叹雄姿难以舍，情醉夕阳。

2015.10.15

临江仙·元阳梯田

叠韵清晰盘峻岭，天梯直入云端。欣临极目叹奇观。何来天上水，缓缓
润人间。　　感悟先人皆睿智，勤耕巧作重峦。精修细垒一弯弯。乾坤挥妙
手，峰壑育良田。

2015.10.17

清平乐·哈尔滨冰灯

晶莹剔透，玉砌精雕秀。绚丽霓虹疑彩釉，尽展匠功巧手。　　悠曲浅荡星空，兴游午夜寒宫。欲试飞犁冰坝，一燃花甲豪情。

2016.1.23

临江仙·登滕王阁

久仰名阁思畅远，今得蓄梦欣圆。和风三月赣江边。阅前朝圣序，览现代江山。　　饱蘸章江含韵笔，壮怀激赋篇篇。琼章御帖嵌雕栏。鹜霞吟万古，秋水共长天。

2016.3.25

偶缘属相

经年一梦两相知，神佑天成已有时。
千古滕王阁院美，渊源已告慰心池。

2016.3.26

游三清山三首

一　东方女神

悠悠沧海润纯真，惟妙亲容巧入神。
脉脉含情千载望，不知因故等缘人。

二　西海岸远眺

凌空栈道挽云霞，远望重峦绕雾纱。
探海青龙犹任性，鲲鹏展翅啸天涯。

三　阳光海岸玻璃栈道

脚踏浮云我似仙，松涛雾海与天连。
茫茫远上灵光起，疑落瑶池尘世间。

2016.3.26

游婺源三首

一 李坑

小村临水筑楼台，敞店衔街对户开。

串串红灯迎雅客，不识遥敬逸当怀。

二 篁岭

黛瓦雕梁小古宅，顺山倚建晒楼台。

春临花海寻芳度，秋获盈收溢满怀。

三 晓起

百年樟蔽小村独，门罩砖雕古韵舒。

花簇田间石板路，沧桑辙印记尘途。

2016.3.27

江城子·登雷峰塔

登临会览释怀澄。碧湖清。荡舟横。莺柳叠春，新绿蕴山中。悉数孤山楼外景，十余处，载芳名。　　夕晖一缕照雷峰。晚霞明。向和风。疏暖时宜，看淡抹妆容。仙迹萦回遗浪涌，期暮雨，忆缘情。

2016.4.1

浪淘沙·登杭州六和塔

　　钱塘江北岸，北宋时期初建的六和塔，至今因火灾、战争等几经毁坏，重建、修缮共达29次。新中国成立后修缮2次，现在的六和塔为1991年在原基础之上重新修缮的。清乾隆六下江南，曾七次登临六和塔，御笔亲书撰记，并每层依次题字立匾。

威耸月轮岗，气宇轩昂。几经坎坷几沧桑。几度灰飞残砾尽，几沐春光。
銮驾下之江，御墨流芳。七临书志寄呈祥。阅尽千帆征舸渡，风雨钱塘。

2016.4.1

春游杭州西湖

红帆倩影跃平湖，西子胭妆四月初。
柳浪粼光春意暖，闻莺绿野唱天舒。

2016.4.1

西湖闻莺阁品茶

西子嫣容黯远眸，品茗叙景逸情收。
雷峰夕沐昭昭影，湖荡悠悠小扁舟。

2016.4.1

采桑子·茶友野炊

蓬藤绿谷清溪畔，流水潺潺，荫蔽蓝天。正好怡情聚野餐。　　小炉随架秃石上，缕缕轻烟，续煮茶缘。洗却铅华不尽欢。

2016.6.4

游汤沟幽谷

蹊深幽静水清清，踏野穿林伴鸟鸣。
富氧微风充绿谷，舒颜一路释怀情。

2016.6.5

天津五大道清茗雅轩品茶听曲

一品清茗韵味香，禅音筝曲沁回肠。
温馨席演真茶道，楚楚纤柔秀雅妆。

2016.10.3

临江仙·五品诗社成立十周年寄怀

辗转光阴飞若逝，匆匆十载吟程。聚侪琢律笑争鸣。雅集承古韵，五品颂唐风。　　携手结缘溪水畔，相约寻踏风情。桃花春水伴诗行。关山从此秀，趣味写人生。

2017.1.7

十五道沟天书展册崖

天书展册立潺河，似与沧桑远古说。
道道灼痕玄武壁，均匀残壑印蹉跎。

2017.8.5

春节出游

戌初年里不言休，意愿乾坤足迹留。
直驾轻车三万里，"高德"一路助神游。

2018.2.19

恒山悬空寺

有志先人慧智聪，飞椽筑脊挑烟笼。

凌霄面壁悬心净，逝去悠悠万事空。

2018.2.20

戏游天津盘山

叠嶂层峦草色灰，三盘胜境故人追。

当年圣上多巡幸，我却今朝头一回。

注：盘山素有"三盘胜境"之美称，即上盘松胜，盘曲翳天；中盘石胜，千奇百怪；下盘水胜，涓流不息。

2018.2.21

临江仙·登天华山

翠绿青山藏秀色，奇峰突兀石擎。风习纵壑鸟轻鸣。山光叠岭秀，日影贯林清。　携侣闲游疏雅绪，心愉步履轻盈。重崖不畏再临屏。青春都亢奋，花甲更豪情。

2018.4.30

浪淘沙·天桥沟玻璃桥

雄跨两峰间，一线云牵。赤崖裸壁筑锚钎。柔索钢梁呈霸气，明道空悬。
放眼望青山，叠嶂峰峦。微风阵阵和鸣蝉。释惮从容天地外，步履轻然。

2018.8.4

畅游贵州

寻芳踏野意萌生，冬了时宜既远行。
放眼抒怀天地外，春花正季沐黔风。

2019.4.12

临江仙·游赤水大瀑布感怀

倾泻川流千尺瀑，丹霞叠韵分明。修竹赤水碧潭清。遐方云汇彩，近地
雾流虹。　幽谷澄天酬雅客，欣游尽赏轻松。铅华洗却世匆匆。身临仙境
地，心处净禅宫。

2019.4.13

游黄果树瀑布

激流崩玉浅飞花，纷绕垂珠挽落霞。

气势轰然千丈瀑，九天倾泻挂银纱。

2019.4.16

浪淘沙·游织金洞

奇峻洞中藏，美域泱泱。千般钟乳叹无常。交错纷呈姿百态，气势轩昂。

长夜漫无疆，纪海茫茫。几经残砾几河殇。亘古乾坤多变幻，尘世沧桑。

2019.4.16

登梵净山

拾级挥汗立峰巅，心蓄禅缘祭九天。

浩瀚乾坤存正气，身临净地似神仙。

2019.4.17

黄鹤楼白云阁品茶

风清阁秀绿竹新，院雅堂闲叙古今。
趣话名楼千载赋，春茗逸品送芳馨。

2019.4.19

登黄鹤楼

晴江百里豁欣眸，争舸宏桥一望收。
黄鹤悠悠千古颂，烟波过后尽新洲。

2019.4.19

黄鹤楼户部巷把酒

两江胜境览烟波，小巷名吃香满桌。
最是情缘深到处，前贤美赋酒当歌。

2019.4.19

五律·轮渡长山岛

展翅肥鸽舞，祥云挂碧空。

相思吟水色，独自赏潮声。

目送烟波远，心随诗语萌。

平填山海韵，一赋笑清风。

2019.7.12

长山岛海边漫步

天际烟波撩远眸，粼光浮棹列晨休。

清空漫步平沙软，情释长山尽兴游。

2019.7.13

游小长山岛小水口森林公园

风清雾绕入澄怀，水墨丹青映眼开。

浩渺凌波山影秀，飘飘仙似坠瑶台。

2019.7.13

临江仙·赏冰灯

　　梦幻霓虹冰域，神奇炫彩寒城。星罗棋布秀灯明。匠心琢峻岭，巧手绘鲲鹏。　　玉砌雕栏瑶榭，冰雕光脊琼亭。清辉映照动歌萦。恢宏仙境美，彰显世人聪。

2019.2.6

临江仙·登五女山

　　淋雨拾级欣越上，枫林满目嫣红。清风舞叶互和声。远山呈雾淡，近野蓄烟浓。　　曾几霜期登临望，今朝却不相同。澄怀闲逸更轻松。依情吟友挚，酌句和秋丰。

2019.10.4

游虎谷峡

　　逢峡择险一程开，栈道临崖挑看台。
　　朗日晴空舒万里，关山秋色入澄怀。

2019.10.5

游天锅古洞

深窝密布神工斧，镶嵌棚岩天下独。

壁上惊悬奇景秀，水中突映怪石枯。

桑田历历千锅洞，沧海悠悠万镜湖。

亘古乾坤多少事，云云费解入疑途。

2019.10.6

五律·獐岛东运阁立秋观海

静伫观沧海，茫茫连碧空。

翔鸥翻上下，飞艇竞西东。

银浪逐滩远，锦帆跃港明。

暑消生爽气，疏绪感秋情。

2020.8.7

浪淘沙·獐岛

小岛立东疆，环海茫茫。蓝天澄澈挂骄阳。风助波涛堆浪雪，激涌行行。

迎送客八方，东运阁堂。锦檐朱柱画雕梁。耸峭青崖衔岛路，连贯鱼乡。

2020.8.8

游宏村

叠院含晖拢静纱，雕楼倒影映沼华。

精琢独运匠心水，九曲清泉入万家。

2020.10.21

咏黄山松

迎风昂首踞龙根，咬定青石固己身。

不畏苍生逢险处，经霜复雨更精神。

2020.10.22

登九华山

拾级挥汗上仙台，穹碧秋高一望开。

倚立奇石惊满目，悬疑兴叹震心怀。

2020.10.23

登南京阅江楼

阅江楼在地基完工后,明太祖朱元璋突然决定停建。直至1997年,南京市人民政府正式批准建造阅江楼。2001年9月,阅江楼竣工,从此结束了600余年来"有记无楼"的历史。

有记无楼六百空,朱楹碧瓦后人功。
沧桑往事逐波远,烟雨红尘缥缈中。

2020.10.24

重阳节游扬州

重阳老友乐闲游,把酒扬州聚小楼。
兴侃人生多趣事,举杯干尽一怀悠。

2020.10.25

五律·远行四川

花开结益友,一路向川行。
把酒澄怀远,开言戏语惊。
杯中盈笑眼,车内动欢情。
醉了红尘事,夕晖照晚明。

2021.4.9

九寨沟镜海

旖旎风光若有仙，凝蓝幽静卧深山。

林岚倩影无波动，御景虚实一线牵。

2021.4.12

游乐山大佛

历经坎坷百年辛，先辈凿成后辈钦。

坐镇三江平水患，造福巴蜀益黎民。

2021.4.16

临江仙·登都江堰玉垒阁

　　一览都江堰阔，层峦叠黛岚遮。悠悠碧水润城郭。清流盈爽气，晚照动粼波。　　马架竹笼卧铁，前人治水英卓。分流平患开先河。今人仍受益，此会慕先哲。

2021.4.18

游赤峰阿斯哈图石林

时隐羞身时隐开，奇石卧岭裹纱白。

悠悠神女飘然至，惟妙七仙踏雾来。

2021.7.16

春雨桃花

临江仙·春雪

松软匀铺檐脊，轻盈满裹枝丫。银川雪岭望无涯。双眸瞭远径，孤履印平沙。　　雾后晴空明净，迎来澄域无瑕。欣然步韵和吟家。祈年飘素玉，寄语颂芳华。

2019.2.18

西江月·盼春

雪域冰封塞北，诗坛情汇城南。且将新墨写春还。期待桃花盛宴。
静赏东君岁岁，闲吟五品年年。澄怀把酒尽倾欢。心也春光无限。

2020.3.30

西江月·问春

雾漫远山遮树，风习玉雪飘窗。曾临疏暖又寒凉。试问春迟何况？
无奈今春心寂，只因去岁魔狂。驱妖力斩共扶伤。天佑中华无恙。

2020.3.30

西江月·踏春

晓日沐松苍绿，晨风梳柳鹅黄。冰河暖释泛粼光。几许春波荡漾。

历历城郭掩树，迢迢阡陌朝阳。曾经兴致好柔肠。今却长亭别样。

2020.3.30

西江月·咏春

细雨绵绵浸润，诗行句句敲磨。趣填闲弄一春歌。以释情怀寂寞。

才写桃花初蕊，又抒春水长河。连吟柳翠影婆娑。劲咏新词硕硕。

2020.3.30

临江仙·颂桃花

萼上繁花争艳，枝头蓓蕾余香。花间寻趣嗅芬芳。鸟鸣声有对，燕舞影成双。　　坳岭轻浮云霭，波光静映山乡。景殊酌句几搜肠。题诗吟晓岸，寄语颂春江。

2020.4.3

临江仙·诗语桃花

雨霁苍山空远，风停阔野清鲜。群峰衔翠簇烟岚。湖光涂涧水，江影动春山。　　放眼晴川回首，畅怀舒绪凭栏。吟行闲续捋拙篇。桃花十载梦，诗语半生缘。

2020.4.4

浑江春晨

晨晖浅照一江平，淡雾轻萦逝水清。
又是阳春三月里，相怡信步坠诗情。

2008.4.5

五律·园晨春雨

雾淡罩山朦，清新晨雨风。
温拂滋万物，细润入千层。
放眼心驰远，沉思意欲萌。
园花牵趣事，欣悦纵怀澄。

2008.6.1

咏桃花会二首

一

群英各路至清斋，满座高朋叙畅怀。
把酒吟诗随兴赋，桃花岁岁聚贤才。

二

杯残莫怨醉贤侠，谁让怡情尽兴发。
待到明年春草绿，还来纵酒论桃花。

2009.5.17

临江仙·第二十一届桃花会抒怀

美好萦思追旧忆，怡情往事心间。神交结社醉诗缘。"雅风"传古曲，"五品"诵新篇。　更有桃花兴盛会，年年广纳群贤。诗书画界聚空前。昨抒山野处，今赋细河边。

注：五品诗社出版诗集《五品雅风》。

2012.5.12

暮湖春柳

柳绦临镜挽新弦，丽水轻沾纹韵千。

日暮春山依望月，逸人已醉晚炊烟。

2013.4

五律·春晖晨雪

迎晖飘玉素，星落细霏霏。

路草淋霜劲，郊杨映雪魁。

融冰言岁尽，润柳预春回。

不待东风舞，诗耕沃土肥。

2013.4.9

临江仙·春雨桃花

春雨霏霏悄润，枝头蓓蕾滴鲜。含羞稚嫩似凝胭。芳苞争怒放，素蕊竞嫣然。　　思望篱园窗外，逸情诗绪缠绵。痴心又弄赋春闲。桃花知恋意？寄语颂年年。

2013.5.12

雾里桃花

妖娆素蕊嫩枝鲜，妩媚衔拂云雾间。

难掩清纱飘落去，芳花润目赏桃园。

2013.5.12

临江仙·赏河口桃花

蓓蕾枝头初放，彤英朵朵朝阳。缤纷楚楚动人香。丹霞浮坳岭，漫野竞芳芳。　　眺望青山泓水，和风十里春光。心中惬意沁回肠。情抒归雅地，诗恋醉桃乡。

2013.5.12

赏河口桃花游人如注

激情众涌入花川，争睹凝脂绽放颜。

踏野寻芳思漫步，桃园飞绪忆先贤。

2013.5.12

醉赏桃花

桃花争秀舞春枝，羞态婀娜入我诗。
胜若先贤舒意畅，吟闲世外醉心痴。

2013.5.12

贺第二十二届桃花会在丹东河口召开

寻根河口正花红，又聚闲吟唐宋风。
醉品桃乡春五月，信描沃野絮烟浓。

2013.5.12

紫槐花二首

一

娇柔恬静仪嫣然，优雅一袭淡紫衫。
不与桃花争艳色，只循时序秀芳颜。

二

紫珠串串坠枝弯，争艳柔依绿叶间。

虽未牡丹沾富贵，芳颜却也媚非凡。

2013.5.28

诗笔春耕

兴来又写律千行，入夜勤耕灯影长。

古韵春风催笔底，诗田沃土正腾香。

2014.3.4

清明祭怀

朦天晓起雨纷纷，情闷丝丝牵故魂。

抑郁清明浮往事，俗怀吟赋祭亲人。

2014.4.4

诗恋桃花

应季桃花次第开，文贤雅士聚重来。

春风也练千千句，入我诗行入我怀。

2014.5.10

醉恋桃花

蓓蕾枝头妩媚开，桃园悦赏任徘徊。
春风随我飘然醉，遥送清香几许来。

2014.5.10

春回日暖

绿带樱花开满枝，风清日朗又春时。
心驰旷野茵茵草，舒放襟怀醉写痴。

2015.4.14

西江月·再聚桃园

——第二十四届丹东河口桃花会记

河口绿江又暖，桃园嫩蕾重嫣。觅悠雅客步春闲。几许香风拂面。
和咏桃乡几载，连游故地三年。花间琢句逸无边。忘我痴情缱绻。

2015.5.9

桃花落

——第二十四届丹东河口桃花会记

风凋香蕊漫春池，雨谢娇容叶满枝。

落尽千花融沃土，芳心只为一秋实。

2015.5.9

争睹桃花

——第二十四届丹东河口桃花会记

桃花河口又春时，粉面含羞别韵姿。

心志难敌篱院色，寻芳争睹醉心痴。

2015.5.9

畅咏青云居

——第二十五届桃花会在青云居举办

小屋别致筑琼崖，一览城郭挽落霞。

又启年年诗盛会，青云山上咏桃花。

2016.4.9

青云居外三月三

——第二十五届桃花会寄咏

三月初三逢艳阳，吾侪又聚赏春芳。

青云居外欣欣草，缀点山花簇簇香。

2016.4.11

雨润桃花二首

——第二十五届桃花会寄咏

一

细雨霏霏悄入园，桃花初绽美人胭。

斜枝争探绫窗里，一副娇容胜去年。

二

悄然细雨润无声，蓓蕾初颜相竞萌。

含韵西窗呈悦景，如闺阁内秀娉婷。

2016.4.13

雨雾桃园

——第二十五届桃花会寄咏

桃花含露隐清芳，初放胭容映晓阳。

漫步晨园新雨后，寻吟期许动人香。

2016.4.13

诗颂桃花

——第二十五届桃花会寄咏

春来岭上咏轻纱，秋去溪边赏落霞。

笔赋千章歌净宇，二十五载颂桃花。

2016.4.13

清平乐·新春沐早

——第二十五届桃花会寄咏

晨曦破晓，又沐新春早。绿染江堤萌嫩草，莺唱欣歌漫绕。　　光耀细浪和风，怡然踱步兰亭。昨赋桃花妩媚，今抒翠柳风情。

2016.4.14

新柳桃花吟

——第二十五届桃花会寄咏

昨夜疏风细雨滋，今朝旭日暖春时。
陌边垂柳飘新绿，欲与桃花比媚姿。

2016.4.14

痴盼春风

晓岸清波碧水长，初春堤柳泛鹅黄。
痴心只待东风舞，漫野桃花尽吐芳。

2017.2.21

今次桃花吟

舒绪逢临四月天，风行坳岭动岚烟。
诗怀激涌争先赋，今次桃花胜去年。

2017.3.1

再吟桃花

风飘细雨润春池，一夜桃花绽满枝。
蓓蕾欣欣相竞秀，婷婷娇靥诱人思。

2017.3.12

七律·踏野寻芳

清风煦暖觅春芳，柳岸柔枝弄影双。
解冻冰河流水稳，复苏沃壤动犁忙。
溪边翠鸟啼欣曲，岭上红桃饰彩妆。
又是一年新草绿，随吟满满入诗囊。

2017.3.15

雨霁桃花

一夜疏风细雨吟，青山绿野又萌新。
蜂蝶唤醒春枝蕊，露靥芳菲绽锦云。

2017.4.1

又写桃花

又临四月赏桃花，醉染春山醉染霞。

续写胭容飞妩媚，心怀怒放是诗家。

2017.4.15

赏梨花

一览春山入画屏，婆娑新柳舞轻盈。

晴空坳野流芳雪，满树香风醉逸情。

2017.4.29

贺第二十六届桃花会在老边沟召开

春风好雨喜诗家，琢韵频吟岁岁华。

把酒长歌抒浩宇，二十六载颂桃花。

2017.5.13

岸柳春晖

和风岸柳沐新阳，飘动垂丝渐泛黄。
旭日冰河温释暖，复苏大地又春光。

2018.2.25

赴约桃花

惬意入澄怀，桃花次第开。
春风携雅客，兴致赴约来。

2018.3.13

桃花会旧忆

冬了余思近，春风入旧怀。
去年欢庆酒，何处溢杯开？

2018.3.13

仲春晨雾

茫茫迷雾一晨浑，难辨朦胧当面人。

大地温升舒意暖，时光转眼已春分。

2018.3.22

春　雨

春雨淅淅一夜柔，陌边欣望柳青头。

新堤净水游鸭缓，腐叶疏林戏鸟啾。

2018.4.14

品茶吟春

静享清茶一品香，吟怀酌赋细思量。

时迁又度春光好，以盼桃花落满窗。

2019.2.14

初春瑞雪三首

一

轻飘素玉满天浑，小径枯坪一夜新。
虽是迟来终未负，丰年瑞雪兆春晨。

二

迟来瑞雪喜诗家，捋句填词酌韵押。
助兴闲情挥墨笔，春寒赋尽赋春华。

三

掠去初晨心绪烦，清新瑞雪负关山。
久违冬景矜持到，放眼群峰天地宽。

2019.2.15

临江仙·桃花又绽春山

——贺第二十八届桃花会

袅袅云浮青坳，纤纤雨落春山。清馨旷野豁欣然。枝头鲜蕊嫩，萼上艳花繁。　　又到沐风燕北，重来拾句城南。多情细水一涓涓。品年年友谊，吟岁岁桃缘。

2019.3.20

浪淘沙·春山桃花寄

放眼豁欣然，雨霁岚山。遥听新树鸟争喧。曲岸风和拂嫩柳，一抹春烟。
往事又经年，鬓发银边，桃花春水寄情缘。觅赏闲吟三两句，以慰心牵。

2020.3.28

浪淘沙·赞第二十九届桃花会

岁转帜高扬，激咏铿锵。桃花屡赋韵悠长。根系城南芳四野，誉满山乡。
征履记辉煌，域显宏彰。春园蓓蕾展芬芳。续写南芬今古事，志勇担当。

2020.3.29

桃花情

春暖又花开，多情雅士来。
城南兴往事，把酒助澄怀。

2020.3.29

赞第二十九届桃花会

馨蕊桃花绽碧园，又驱灵动写新篇。

春山试问人何在？会聚城南细水间。

2020.3.29

七律·赏春柳

光阴律转逢新季，再续情思切莫迟。

曲岸山晴妆碧玉，斜阳水暖镀青丝。

雨来柔润方添色，风至轻萦正舞姿。

兴致盈眸舒望远，心愉最是赏春时。

2020.3.31

五律·贺春

草木萌发季，春山可望时。

桃花争秀色，杨柳动芳姿。

暮雨霏霏下，晨风阵阵驰。

欣眸舒畅远，拙笔赋新诗。

2020.3.31

鹧鸪天·忆写桃花

曾是心愉醉也欢，追寻往事忆连连。
风习杨柳飘疏岸，雨润桃花绽满山。
吟美句，赞晴川。夜思晨赋几千般。
今宵酒纵情无寄，一阕芳词信口占。

2020.3.31

鹧鸪天·再忆桃花

秀水青山曾屡寻，桃花吟诵几回春。
一席烟雨临窗赋，十载风霜向月吟。
情切切，语殷殷。缘之相遇弄潮人。
亲融五品抒新律，叙忆前尘叙古今。

2020.4.1

春 思

小雨清风后，平畴芳草疏。
柳丝衔丽水，一棹那年湖。

2020.4.1

鹧鸪天·闲思

冬去春来依序还，光阴岁逝亦云烟。

是非恩怨随风去，荣辱得失已境迁。

心愈淡，体趋坚。闲时少去忆当年。

悠然夕沐东篱下，把酒听蝉五柳前。

2020.4.1

鹧鸪天·问桃花

日暖风和紫燕归，翔空双剪戏翻飞。

遥山芳草还青浅，曲岸疏林已翠微。

花淡淡，雨霏霏。那乡桃蕊醉人眉。

丰枝竞绽争相比，俏扮嫣容是为谁？

2020.4.2

鹧鸪天·争赋桃花

小雨轻淋悄润涂，枝头蓓染媚如初。

经冬浴雪彰仙骨，向日临风展玉姝。

开碧野，耀玄都。古今娇面任频书。

春来争赋存诗曲，秋至丰盈入画图。

2020.4.3

七律·春之歌三首

一

欢欣小鸟悦枝头，嬉戏频飞鸣不休。
几许和风梳坝柳，无边青浦动沙鸥。
朦山默默浮云起，清涧幽幽逝水流。
晚沐斜阳心曲至，春歌吟罢意方遒。

2020.4.5

二

雨润疏枝初蕾萌，春生池水已澄明。
清风吹皱波光远，老柳涂丝烟色浓。
小径敲诗寻雅句，长亭信步问苍穹。
关山期许添新绿，尽写芳心一片情。

2020.4.6

三

蓝天澄澈清如洗，柳翠风和景色新。
欲放桃花初累累，才苏芳草渐茵茵。
观山酌句常临咏，乐水听琴屡踏寻。
已尽春词抒百种，痴情每每赋东君。

2020.4.7

五律·春花偶拾

和煦春风度，庭花一夜开。

迎曦羞媚眼，含露饰香腮。

素彩悄然落，清芳暗自来。

沁心方细品，畅意入澄怀。

2020.4.15

五律·新柳二首

一

悦目庭前柳，初晨雨润新。

凭栏抒倩影，依笔著芳魂。

百草平添色，一枝尽染春。

怡情生触景，酌律和良辰。

二

新柳又萌发，柔风拂嫩芽。

飘丝连翠羽，舞叶动流霞。

晓岸三春景，疏篱六月花。

精敲寻雅句，细品醉吟家。

2020.4.18

五律·春峪梨花

几度清风沐，梨花满峪开。

空留三岭绿，独向一沟白。

萌叶托馨蕊，芳唇饰嫩腮。

春心追落雪，更有暗香来。

2020.4.20

画堂春·吟春二首

一

春回堤岸柳丝黄，煦风吹染新妆。碧波轻荡映斜阳。鸭戏双双。　　闲向晴岚深处，怡情小路羊肠。无端琐事少思量。信步春光。

二

疏林小鸟戏翻飞，叽喳似唤春回。柔枝渐染万丝垂。驿动欣眉。　　尽赏溪光浅柳，初萌芽草青微。吟行堤上沐晨晖。序转心随。

2021.3.25

春晨桃花

闲行堤岸沐晨风，碧水清清百草萌。

妩媚春天谁最美，桃花争绽秀芳容。

2021.4.2

祝贺第三十届桃花会在鞍山举行

传承古韵入心舒，盛会身经而立途。

竞放桃花开四野，今春品赏汇钢都。

2021.4.5

柳岸闲踏

春柳溪边已翠微，丝绦羽燕与风飞。

晴光碧水连波动，惬意心歌一路随。

2021.4.21

丹东采风

青山叠翠渐葱葱，朗日闲云挂碧空。

难掩多情心悦客，轻车一路踏歌声。

2021.5.9

登虎山长城

凝眸远望碧空长，旖旎澄江逝水茫。

千亩晴川丰盛地，只惜沃野划他乡。

2021.5.9

情醉桃园

又赋青山挽落霞，眉飞色舞是吟家。

桃园蓓蕾萌千树，柳醉春风我醉花。

2022.3.5

五律·衍水新柳

又绿三春岸，重拾翠柳新。

柔条飘树影，嫩叶动风痕。

湖畔千枝秀，亭前一路荫。

吟途随好景，信步笑天真。

2022.3.10

西江月·次韵诗友春分

把酒月中寻句，敞怀灯下读书。辋川心系是非无。穷捋集思闲赋。

俗事不妨懒散，春光切莫荒疏。冰轮寄望满如初。却是春分又度。

2022.3.25

西江月·春情二首

一

篱院晨光明媚，晓风爽气清新。遥看芳草渐茵茵。戏鸟争传春信。

更喜青杨吐穗，犹欣绿柳垂荫。盎然春意动凡心。情溢诗怀生韵。

2022.4.10

二

湖畔桃花竞放，林间鸟语争鸣。曦光临镜水清清。倒映东亭倩影。

晓岸三春闲度，疏篱一路吟行。柔怀触景更生情。遥喝青山谁应？

2022.4.10

意醉桃花

遥山新岭落红霞，经雨春枝吐嫩芽。

几度欣然谁醉客？清风徐徐问桃花。

2022.4.13

赞春颜

温馨雨霁艳阳天，一夜桃花绽满园。

最属逍遥唯墨客，心愉总把贺诗占。

2022.4.14

鹧鸪天·春色逸情二首

一

晓岸清风拂柳翩，桃花遥应绽新园。

一江春水溶寒色，满目苍山现绿颜。

流莺舞，戏燕欢。晴川空碧艳阳天。

祈消灾疫蒸蒸日，尽赏河山万里烟。

2022.4.15

二

烟柳桃花意盎然，为春屡赋鹧鸪天。

诗因雅客通篇咏，酒遇豪杰满口干。

追往事，叹流年。澄怀畅绪最心宽。

倾情品赏禅诗酒，把盏乾坤一醉欢。

2022.4.15

鹧鸪天·品春

屡写桃花几度痴，深思酌律忘辰时。
临风把酒心无忌，听雨寻诗笔未迟。
吟芳草，赞柔枝。凭栏细赏柳垂丝。
抒春千古名家赋，犹喜先贤李杜词。

2022.4.16

鹧鸪天·踏春赏映山红

娇嫩繁花开满巅，清风拂煦动欢颜。
疏林作响涛声远，小径闻歌鸟语喧。
山花舞，柳丝翩。欣欣雅客踏春闲。
登临放眼千重嶂，一览晴空万里天。

2022.4.18

五律·怡人春色

篱院石亭秀，庭湖碧水清。
疏林听鸟唤，冰谷任虫鸣。
绿柳新枝嫩，青杨小叶萌。
吟诗歌劲草，信步醉春风。

2022.4.21

感事抒怀

西江月·感怀志华兄退休

信步闲吟阆苑，纵情醉写江山。狼毫劲舞逸无边。诠释临池点点。
起落沉浮宦海，得失宠辱桑田。澄怀独钓子陵滩。一任山高水远。

2015.12.27

西江月·晚霞吟怀

垂柳茂生湖畔，余晖尽染天涯。叽喳燕雀已归家。渐墨青山如画。
老朽孤吟落日，芳庭浅照流霞。其心无意暮年华。一阕清词闲话。

2020.6.15

临江仙·月光残叶感怀

霜叶遗红彰魅力，筋纹几蕴沧桑。峥嵘岁月也辉煌。春发枝满绿，秋获
果实香。　　虽是残年姿艳去，却含别样风光。嚼来细品醉人长。轮回天地
势，无畏对夕阳。

2013.4.15

七律 · 元旦感怀

阳光一缕照初晨，才醒朦山万象新。

时转乾坤终蓄影，人增寿岁尽留痕。

情疏锦里三国远，心向辋川五柳深。

荣辱得失成往事，余生已不问浮沉。

2022.1.1

临江仙 · 元夕感怀

远径千山映雪，闲庭万户张灯。元宵寒夜赋情生。品琢《将进酒》，聆赏《战台风》。　　即使流年鬓染，难将往事尘封。忆吟十载纵怀澄。夕阳无限好，明月照星空。

2022.2.15

五律·除夕感怀

小区红灯连挑，路贯霓虹。楹联映雪，竹耀星空。隔窗眺望，舒绪盈瞳。

瑞雪印馨园，霓虹罩碧轩。

笙歌传巷寓，灯火映星天。

静对诗无寄，闲吟梦有牵。

韶华终不负，把酒颂流年。

2020.1.24

浪淘沙·芳庭饮酒

天际晚霞明，日暮风清。彤檐夕照满庭盈。晖里远山悄静卧，墨影丹青。

台院映花丛，竞放嫣红。阴蓬瓜架绕藤葱。把酒齐眉相敬案，一饮轻松。

2020.8.2

浪淘沙·有感五品诗社社旗诞生

儒愿寄红黄，徽识飞扬。简约古朴蕴沧桑。粗犷豪情真五品，魅力铿锵。

艺海沐春光，古韵今昌。欣歌一曲醉倾觞。帜舞心潮催笔赋，贺诵千行。

2015.2.11

三
感
事
抒
怀

083

浪淘沙·平顶山滴水洞咏怀

滴水落飞花，飘若丝麻。风梳细瀑映霓霞。欲动闲思犹落水，溢满琼崖。

即景问生涯，洗却铅华？禅音古曲弄琵琶。也晕红尘遮望眼，更醉诗家。

2015.5.20

七律·人生感悟

岁月蹉跎征路漫，苍生坎坷历辛艰。

应怀海量为人善，当避针胸处事偏。

刚正不阿行磊落，坦然宠辱度桑田。

知足常乐陶篱下，逸享风清世外园。

2008.7

感怀蕙兰花开

怡人兰蕙叶舒长，柔展风姿曲颈张。

纵使蝶花无艳色，却含淡雅暗流芳。

2009.2.11

七律·汤河夕照抒怀

初秋坝上览余晖，逆照残阳斜影随。

万顷粼光争浪涌，一池碧水任风吹。

闲庭信步悠情再，忆海开怀畅绪归。

近晚黄昏犹呐喊，松涛阵阵亦萦回。

2009.9.26

临江仙·友人生日感怀

难忘时光飞若逝，乾坤弹指挥间。人生卅九忆从前。相识缘惬意，转眼越十年。 秉属同怡亲广野，心愉愿恋游山。孜孜陶醉览峰巅。情舒生逸趣，性雅驻春颜。

2012.3.2

新春寄语

频传佳信寄思牵，拳贺新春福至欢。

愿有青春能驻守，心歌一曲赋流年。

2014.1.31

诗友情怀

——有感五品诗社内部人事新老变动

真情感慰续传承，五品人贤颂雅风。

新雨催生芳草绿，老枝更助写春萌。

2014.2.28

排律·贺五品诗社年会

如约五品话曾经，雅性相投一脉中。

春咏屋檐飞燕舞，夏吟庭树竞蝉鸣。

秋歌硕果丹枫画，冬赋琼崖白雪松。

琢韵填词方致趣，修辞润律以陶情。

频频杰作传佳讯，累累鸿篇赞美名。

续写春山诗浪涌，桃园喜看正花红。

2014.2.28

七律·中日甲午战争一百二十周年感怀

甲午重临愤绪纠，卑恭辱史掠心头。

北洋魂浪掀前恨，东海烟波凝旧仇。

不忘家园遭践毁，誓为先祖雪蒙羞。

扬威唤起民族志，看那贼能狂几秋。

2014.4.24

排律·贺志华兄《墨海诗疆》
《王志华书法作品选集》出版（一）

散怀抒浩气，仗义写人生。

把酒豪情涌，题诗慧智通。

痴心裁韵律，醉墨舞蛟龙。

厌涉官中事，欣临世外风。

文章弘正义，辞赋贬贪虫。

细水潺湲颂，南山傍此名。

2014.12.20

浪淘沙·贺志华兄《墨海诗疆》《王志华书法作品选集》出版（二）

细水育英豪，艺海惊涛。诗疆鸿著展文尧。大汉关西执铁板，唱怯江潮。

醉墨舞狼毫，仗义神交。心无三界任逍遥。歌罢东篱歌日暮，逸乐陶陶。

2014.12.26

临江仙·感怀国玺、李季夫妇骑行海南壮举

彩炫双姿尤飒爽，情融丽水江南。骑游壮举世人先。欢愉辞旧岁，浪漫入新年。　诠释人生圆旧梦，平凡无欲波澜。恬恬淡淡更心安。轻松行我路，理想也依然。

2015.1.6

有感南芬读书月活动

细水潺湲润古今，艺园璀璨遇知音。

诗怀借酒临风逸，幸是南芬五品人。

2015.6.11

感怀退休

——和志华兄作

无求少欲至怡神，了却曾经宦海人。

五柳堂前习翰墨，痴心几案弄诗文。

2016.1.8

残叶感怀

一院残晨映满窗，干枝突显惹思量。

青春虚度时光短，一夜秋风落叶黄。

2016.10.27

五律·元旦寄怀

日月循更替，虔诚仰上苍。

迎新闲弄赋，辞旧乐倾觞。

处事当心阔，施慈益寿长。

吟堂得雅律，乘兴和诗行。

2017.1.2

岁　月

——有感诗朗诵

时光流转逝如梭，起落辉煌曾几何。

不畏沧桑人岁老，珍吟当下快活歌。

2017.5.31

临江仙·银杏落叶感怀

萧瑟寒风吹叶落，蓬松满地残黄。引来无数觅秋狂。争相留倩影，竞艳秀新装。　　又是一年悄隐过，稀疏两鬓清霜。已然坦荡过隙殇。轻松还自我，平淡任他乡。

2017.10.24

枫香谷晚浴

何以解忧烦？清心露浴闲。

烟浮遮落日，霞起照幽山。

2017.10.25

浪淘沙·辞任五品诗社社长感怀

虽绪信由缰，心不彷徨。怡情只为乐倾觞。十载余年多兴事，诗满行囊。
细水印沧桑，逝岁悠长。桃花屡赋又春光。五品风帆承古韵，帜舞新航。

2018.1.20

临江仙·新中国成立七十周年感怀

千古悠悠华夏，百年历历神州。惨遭肆虐屡蒙羞。"马关"①遗世恨，"辛
丑"②记尘仇。　　坚韧英雄可赞，不屈勇士当讴。一搏崛起耀寰球。兴国征
路漫，圆梦竞帆遒。

注：①马关——《马关条约》。
　　②辛丑——《辛丑条约》，是中国近代史上两个不平等条约。

2019.6.11

又赋崖柏

——为崖柏收藏的朋友照片题记

历尽风侵浴雪寒，苍崖锈骨印斑斑。
残修枯体得进化，飘逸仙姿醉我欢。

2019.12.30

鹧鸪天·建党百年感怀

风雨神州启巨帆，燎原星火照红船。
几经坎坷征歧路，历尽艰辛渡险滩。
谋宏略，续新篇。初心不忘始依然。
精诚共谱同心曲，崛起中华庆百年。

2021.6.1

浪淘沙·晚舟归来思

清爽正宜秋，澄宇欣眸。关山装点迓归舟。坚守尊严真女子，笑傲寰球。
悲忆更蒙羞，被虐街头。百年血泪染江流。唯有国旗飘更艳，崛起神州。

2021.9.25

贺五品诗社年会

昨习风雪罩冬晨，今遇天晴净宇新。
又是一年诗盛会，澄怀把盏共知音。

2022.1.2

除夕寄语

瑞雪轻飘覆夜山，万家灯火庆团圆。

欣歌美酒声声贺，把盏新春辞旧年。

2022.1.31

四

尘封往事

五品赞歌

五品诗社成立八周年年会之际，王迪生先生挥毫写就"情若众山相挽手，气如沧海共撑舟"一幅墨宝送我，感慨之余补上后两句，成七绝一首。

情若众山相挽手，气如沧海共撑舟。

长歌几赋抒闲夏，醉墨穷泼写逸秋。

2015.2.11

鹧鸪天·探访本溪湖高炉遗址

破壁墟枝满地残，荒炉孤耸锈斑斑。

萧疏废址掩黄叶，零落闲云遮艳天。

声赫赫，誉连连。曾书参铁傲人篇。

身躯几铸辉煌史，却是沧桑一梦间。

2008.6.21

与友品茶二首

一

吾奇石茶海上刻有名句"余香石上品，欲去且流连"。与友品茗中，诗兴起补作。

趣侃戏言欢，悠然茗煮闲。
余香石上品，欲去且流连。

2012.12.2

二

香茗沏案任时空，一品清凉一品浓。
朝沐新阳夕沐雨，蝉鸣已伴近秋声。

2020.7.29

临江仙·品茶话诗

茶友得闲今又聚，群儒畅叙心欢。香茗道道品桑田。高谈无忌讳，纵论有人缘。 海阔天涯喧是处，情抒话转诗贤。兴余奋咏伟人篇。名词三两句，上下五千年。

2012.12.8

有感德国前总理跪拜犹太人死难者纪念碑

1970 年 12 月 7 日联邦德国前总理勃兰特双膝跪在波兰华沙犹太人死难者纪念碑前,为纳粹时代德国所犯罪行,向全世界人民道歉。勃兰特敢于承认、勇于担当的举动,震惊了全世界,被誉为"欧洲约一千年来最强烈的谢罪表现",受到了世界人民的赞誉。

跪拜凉阶慰古今,曾经罪孽记犹新。

真诚忏悔赎黎怨,唤醒良知启后人。

2015.3.15

奉劝拜鬼人二首

一

莫忘欺人害己深,长崎核患痛呻吟。

凄然惨史当真悟,归正良行始善心。

二

奉告休疑作戏言,沉冤东海恨滔天。

军缨蓄梦飘长舰,勿以当年甲午帆。

2015.3.18

义愤填膺

不悔蹂邻罪恶深，良知丧尽拜阴魂。
兽侵野性终难改，义愤难填复仇心。

2015.3.18

有感石友拜山

未初龙舞正春分，宇朗风清助祭神。
乐水痴石寻雅趣，祈山许愿我心真。

2015.3.21

赏园塘青苔

青苔也是绿园骄，何必趋随看柳飘。
溪水潺湲犹和唱，欣然悦耳更逍遥。

2015.3.26

题全国兄冰沟古藤照

无畏冰寒扎大山，光滋云哺一年年。

腾龙傲骨沧桑美，攀挂虬枝绿树间。

2020.8.11

题全国兄冰沟美女图

戏水冰沟惬意浓，撩裙赤脚摆轻松。

难得潇洒清凉至，一展风姿五妹容。

2020.8.13

题全国兄冰沟荷塘花瓣照

身虽残瓣自安然，静雅轻浮绿水间。

放却尘缘纷扰事，悠悠含韵任舟闲。

2020.8.14

再题全国兄冰沟晨照

三伏冰谷绿荫新，水秀光柔洗净林。
细赏清幽仙境地，一丝凉意入禅心。

2020.8.18

五律·题全国兄冰沟人设微瀑照

漫水惊别样，均匀起瀑群。
松间藏秀色，石上现苍痕。
流曲随心诉，题诗着意斟。
林光温净路，湖影动芳魂。

2020.8.21

雨霁散步

风清雨霁夜温馨，信步长街意爽人。
交映灯辉频顾盼，依依最是解君心。

2020.8.24

浪淘沙·写在教师节

起敬向学园，暮雨思牵。曾经教诲记心田。哺育青丝勤沥血，桃李人间。

学海忆无边，童少当年。牙牙学语步艰难。欣遇金秋尊教节，吟贺师贤。

2020.9.10

题全国兄新年兰草

淡雅馨兰入墨图，清晰悦目触心舒。

新春试笔倾情作，栩栩丹青妙手涂。

2020.11.23

新年老友相聚未至

开元伊始聚新堂，再叙情缘把酒觞。

琐事缠身随未至，清晰往忆水流长。

2021.1.5

五品诗社二〇二〇年诗词创作总结会

霏雨绵绵夹雪飘，东风洗剪柳千条。

城南又聚诗情客，尽把新程惠景描。

2021.3.21

李晓岩近水阁拜师张全国

风和柳岸绿丝长，近水阁闻翰墨香。

学海勤能丰慧羽，青春有志伴贤良。

2021.4.28

题全国兄冰沟照

双流叠瀑展芳姿，绿谷冰沟正夏时。

美景舒眸欣慰至，晨风催笔赋新词。

2021.8.5

五

一叶秋情

七律·题全国兄摄大冰沟抱月桥秋色

宜秋悦目赏芳华，碧水丹青景致佳。

叶落枫桥拥晓月，岚浮林木衬红霞。

褐石轻染金光色，绿谷初结银露花。

霜润冰沟山净美，思逐闲赋醉吟家。

2020.10.16

五品诗社二○二一秋之韵采风

山庄小雨洗清秋，舞叶斑斓尽染眸。

酒溢三杯酬雅客，吟诗畅饮醉风流。

2021.10.6

五律·五品诗社二○二一秋之韵采风

雨霁山林净，烟岚浮岭飘。

霜欺秋叶艳，日上野菊娇。

声震松涛远，风逐麦浪高。

骚人争比赋，诗兴起狂潮。

2021.10.7

浪淘沙·秋晨漫步

昨夜雨轻袭，陌草霜欺。秋溪蓄涨水流急。落木萧萧风瑟瑟，柳拽寒堤。

逝季过白驹，物换星移。匆匆岁月洗尘衣。不必伤秋悲老也，鬓染双稀。

2021.10.8

秋　景

时入宜秋枫染红，遥看飞彩万山中。

腾岚照岭悠然画，满目斑斓霜色浓。

2021.10.13

采桑子·重阳节二首

一

空晴日朗习风爽，辽阔江天，尽染层峦，沐雨经霜秋叶鲜。　重阳偕友临高处，逸赏云闲，心绪悠然，何叹风尘已鬓斑。

二

　　宜秋又至重阳日，枫染山乡，麦浪金黄，霜露迎飘菊桂香。　　安闲续品清茶事，笑话沧桑，淡看炎凉，且赏丰秋溢满窗。

2021.10.14

秋海夕照

云高舒练远，海阔静衔烟。
天际夕霞照，风歇桨翼闲。

2006.9.5

大冰沟双龙峰

叠嶂枫拥立峻雄，英姿翘首傲双龙。
欣眸俯瞰群山小，辽阔江天万里峰。

2006.10.8

青松赞

霜淋万叶疯争染，不顾昙花一夜间。

唯有青松彰傲骨，风欺雪后绿依然。

2007.10.2

秋菊情思

篱院秋菊开正黄，丰枝满绽溢沉香。

欢愉最是心如意，驿动情思入爱乡。

2007.10.2

秋晨风瑟

卧榻北风疾，萧萧鸣壁西。

秋晨云蔽日，心绪与天低。

2008.10.23

夕阳情思

临晚天边落日红，彩云舒卷染秋空。
欣愉勿憾时光短，珍赏当惜暮色浓。

2008.10.31

清平乐·登山

秋风又复，叶落萧萧树。放眼云涛天尽处，岁岁年年几度？　　星移斗
转时更，沉浮起落人生。宠辱得失笑待，无求乃为贤翁。

2009.10.28

临江仙·携孙儿全家秋游关门山感怀

日照群峰飞五彩，丹霞浸染关山。沟沟岭岭印斑斓。枫枝托圣火，柞叶
弄黄烟。　　一赏秋光心致美，孙儿更悦童颜。跌跌撞撞尽情欢。人生山水
路，跋涉见花妍。

2011.10.1

白杨林秋色

银装俊挺素容齐，仪态轩昂硬汉躯。

随任秋风蹂落叶，岿然潇洒历霜欺。

2013.8.28

秋思二首

一

星光夜幕伴空楼，蝉雀归巢入梦休。

寂寞庭台昏对月，情思郁向北风秋。

二

凄凄冷雨叩临窗，肆虐香花满地黄。

意弄闲词驱案笔，不知谁与和秋娘。

2015.8.28

临江仙·冷风秋情

　　渐冷秋风倾似诉，频频遗落残红。香颜逝去令尘空。亭台齐赏处，子夜落孤鸿。　　独倚绫窗空对月，风袭寒舍三更。相思累累贮愁浓。无端排解处，苦念任由生。

2015.8.31

七律·秋晨抒怀

　　瑟瑟晨风袭北窗，纷纷落叶应秋凉。

　　莲随冷雨残躯尽，菊伴寒霜艳朵芳。

　　岁月蹉跎曾坎坷，光阴荏苒印沧桑。

　　尘缘琐事烟云外，不负澄怀寄宋唐。

2016.9.9

临江仙·登五鼎山

　　叠翠层峦舒望眼，欣临五鼎峰巅。悠悠白日耀蓝天。秋风涂彩绘，霜叶秀斑斓。　　原水原山原净地，难得富氧家园。清新颐养易容颜。徘徊回味里，欲去且流连。

2016.9.28

五律·五鼎山下月明山庄

游歇村北麓，宴至月明斋。

霜润菊花绽，风吹栗翅开。

前携八面岭，后倚四方台。

更聚山珍味，诚招雅客来。

2016.9.28

月明山庄诗友饮酒

小院蓄秋怀，庭菊凤舞开。

尽杯谈兴起，笑落月明斋。

2016.9.28

五律·登五鼎山

宇朗寻秋绪，欣登五鼎山。

光疏林影秀，石瘦水流涓。

远岭孤云绕，高天群鸟旋。

空清涤世躁，野阔畅无边。

2016.9.29

五鼎山双锅瀑布

清源细水汇琴河，一曲缠绵萦谷歌。
不懈经年着旧事，飞流直下筑双锅。

2016.9.29

玉冠山

似有仙踪惠此山，风习峻岭动岚烟。
痴情一览尘缘景，遗落神冠镇世间。

2016.9.29

秋　叶

斗转星移岁月稠，清霜一叶已知秋。
萧萧落去不曾问，只愿春来对燕啾。

2016.9.29

澄怀旧事

车行折转路悠悠，叠岭枫红映晚秋。
几缕浮光袭掠影，风情一处令回眸。

2016.10.16

赏银杏落叶

清风宇朗漫银光，畅意如约赏叶黄。
信步江湾舒绪里，秋丰悦色济心疆。

2016.10.24

秋光靓照

谁拍靓照响当当，满溢秋光满溢黄。
金色层林拥彩路，不知曲径向何方。

2016.10.26

章樾公园之秋事

落叶纷纷满地残，晨园老树嫩枝干。

庭湖冷望粼波起，瑟瑟秋风已渐寒。

2017.10.20

秋　绪

临晚冷风驰，秋来一叶知。

依依飘素柳，空舞月圆时。

2018.9.25

浣溪沙·咏菊

不怯寒风挺劲枝，婷婷素美淡胭施。香萦楚楚展柔姿。　　霜染凌欺尤
竞放，含羞默默寄东池。芳心无欲示人知。

2018.10.14

更雨二首

一

临窗惊梦扰清更，秋雨潇潇入耳鸣。
朽迈空棂寒意冷，耄期陋巷不经风。

二

秋雨淅淅携冷风，连连夜下几相同。
经年许是晴空少？阵阵轰雷闹五更。

2019.8.27

昏 晨

茫茫晓雾欲昏昏，异梦通宵至吾晨。
日朗风疏何处是，连天秋雨断晴根。

2019.8.29

雾晨二首

一

又是迷蒙雾满窗，秋菊篱外染清霜。
时因未到伤寒处，天意缘何如此凉。

二

晨袭寒意系绫窗，雨洒晶珠满地霜。
不是秋华秋胜景，连连阴雨至心凉。

2019.8.30

秋事二首

一

瑟瑟晨风已觉凉，时光转瞬入秋乡。
赣江曾几春波度，难忘欣欣一月窗。

二

风携细雨叩临窗，瑟瑟嘶鸣天渐凉。
笔赋长歌吟酒后，感怀心曲和秋娘。

2019.9.6

秋游核伙沟

崖峻林深画谷幽，亭婷水秀曲溪流。
亲亲小径晴空里，澄阔天郭任鸟啾。

2019.9.15

五律·秋日

烈骑驰旷野，劲草舞尘烟。
天碧闲云度，风清栖雀欢。
弄词吟美域，把盏赋关山。
举目遥思处，期圆征雁还。

2019.10.18

风雪冬吟

七律·二〇二一除夕夜

光闪鞭鸣庚子去，符迎笙贺劲牛来。
寻诗把酒吟疏影，入境凭栏登露台。
灵动灯花飘束束，温擎彩练挂排排。
除瘟抗疫神州勇，唤醒寒梅新纪开。

2021.2.11

初三晨雪

初醒蒙眬凝望收，琼芳一夜覆山丘。
春风春雨来春雪，辛丑丰年好兆头。

2021.2.14

风雪元宵夜

寒风凛冽弥天雪，隔望灯红明月缺。
把盏初春风骤夜，小楼温酒对空角。

2007.3.4

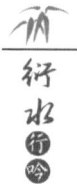

清平乐·雾凇

冰凌挂树，不顾春枝怒。一夜清霜蒸漫镀，细柳千条玉铸。　　辞除烦事昨宵，心怡赏景情高。神绘山川秀美，江天万里妖娆。

2007.1.4

华馨园酌酒论诗

——王志华携十年老酒邀友

风和日沐空高远，雪霁云清气爽天。
性雅谈诗论画道，情舒酌酒会馨园。

2007.3.7

清平乐·二〇〇八年工作务虚会

集思研讨，愿景当谋早。广纳贤才良策好，上下目标俱晓。　　携来同欲心齐，政通泰岳能移。共立宏程慧远，群谐一往无敌。

2007.12.5

寄 思

寒冬岁末又新年，别久怀孤伫望天。

欲寄相思赠慰友，忽传佳信道平安。

2007.12.26

滑冰晨情

黎居寂静少人行，点点繁星眨眼明。

不畏冬寒霜染鬓，怡然兴致恋晨冰。

2008.1.2

清平乐·江南雪灾

2008年初，一场特大雪灾殃及中国江南大地，冻雨冰凌压断电线，撕裂铁塔，造成部分地区大面积停电。

江南大雪，狂暴霜凌虐。铁塔冰封纷断裂，路阻灾情险切。　　救急领导先行，运筹帷幄精兵。汇众八方抢险，关怀演绎真情。

2008.2.1

初春雪霁晚赋

感味初春夜，情连满月天。
空清涤世躁，雪瑞净诗田。

2008.3.25

冬　晨

黎灯映雪潇潇下，漫洒晨空片片花。
昔日塘荷争艳处，叟童戏舞踏冰滑。

2008.12.29

除　夕

凭窗眺望绽烟花，遥映星空缀夜华。
喜庆红符贴万户，吉祥瑞雪兆千家。

2009.1.25

春 雪

东风劲舞漫银川，瑞雪纷飞料峭寒。
神圣天公挥画笔，乾坤遍洒兆丰年。

2009.2.12

东汤晨浴

鸡鸣晓唱竞空长，料峭寒晨入浴香。
洗却俗尘诗境远，心得慰藉赋沧桑。

2009.2.28

兰花又开

凌痕霜迹印冬窗，难抑晨阳沐叶长。
蝶舞柔枝香暗溢，怡人兰蕙又芬芳。

2010.1.14

题为民登山晨照

静谧小村幽，曙光映照柔。

溟蒙烟雾里，蓄势待春头。

2010.3.5

奋战南江变电所工程

低沉晓雾罩浑江，料峭寒霜挂路杨。

墟里炊烟还未起，朦胧工地异繁忙。

2010.12.28

树　挂

瑞雪悄然拥瘦枝，轻绒素媚惹心池。

欣眉环顾花千树，美域欢愉近赏时。

2014.3.4

赞柳老师巧弄纸梅花二首

一

闲来抒雅兴，巧手弄梅枝。

寒岭融飞雪，东风劲舞时。

二

宁静陶心逸，淡泊明志时。

光阴循序进，雅趣付梅枝。

2017.1.3

七律·和柳老师雪中漫步

大雪弥天独步行，怀澄意惬促身轻。

深冬喜赋银蝶舞，腊月欢歌琼树迎。

呼啸层林撕地裂，纷飘碎玉漫河平。

心缘不老吟诗对，一路欣歌一路情。

2017.1.10

和同学洪才吟雪

川原漫舞弥天雪，飘落琼花满地洁。
即兴长歌抒雅趣，酉春绪畅寄新绝。

2017.1.10

五律·丁酉元宵节

上元心向晚，是夜步馨园。
竹爆花千树，焰消星满天。
清辉涂瑞雪，明月照银川。
逸兴登高望，诗盈信口占。

2017.2.12

飞雪情思

绪闷空庭生倦意，情亲旷野畅神怡。
纷飞瑞雪催春至，一唱雄鸡送福啼。

2017.2.16

立冬献语

时节今起朔风寒，渐入封疆冰冻天。
切莫虚荣玩酷派，劝君保暖勿衣单。

2017.11.7

初冬晨雨

满目浑晨雾罩天，淅淅雨霁入冬寒。
虽无心绪忙忙碌，却也诗牵信口占。

2017.11.13

写在周总理祭日白雪飘飘

瑞雪迟来细细飘，关山浑素裹银袍。
上苍似有灵犀气，诚祭周公一代骄。

2018.1.8

五律·戊戌元夕

上元初雪后，满月挂天穹。

彩练花街树，霓虹香径灯。

迷离光影秀，闪烁夜空明。

雅兴忽来赋，心愉共此中。

2018.3.2

春　雪

春已临池盼柳烟，和熙暖日却姗姗。

绵绵大雪风飘至，又见白毡负净川。

2018.3.15

七律·晨浴枫香谷

露泉清澈沐曦烟，玉挂晶莹一夜寒。

料峭霜天含素韵，温馨香谷动青岚。

临池绪畅神情爽，琢句心舒雅兴闲。

不畏苍生余岁短，只将墨笔写流年。

2019.1.13

五律·己亥元夕

飘玉映嫣红，元夕雪打灯。

温馨含素影，清爽蕴萌情。

火树临街绚，烟花照夜明。

心潮催笔赋，歌舞庆升平。

2019.2.19

临江仙·己亥元夕

是夜长空飘瑞絮，纷纷雪打灯潮，琼花浪漫舞良宵。银光逐路暖，焰火照天高。　　明月虽无刚正好，期年岁岁今朝。红装素裹韵妖娆，春桃欣润早，待放满园娇。

2019.2.19

雪霁勘测二首

——写在勘测抚顺 66kV 中陵线工程现场

一

风习素雪掠山飘，无迹人烟落木萧。

叠嶂峰峦惊我至，一行坚印踏残蒿。

二

清雪风飘不朗天，稀晖一抹绘冬颜。

登高放眼云衔路，归去盘龙卧远山。

2019.12.14

浪淘沙·战瘟神

庚子疫情狂，祸恶嚣张。瘟神肆虐举国伤。奋起中华同勠力，激越铿锵。

众志筑坚强，令启中央。风驰援鄂爱无疆。天使降魔终有日，福佑龙祥。

2020.2.6

五律·庚子上元节

彩灯衔碧树，残雪路人疏。

庚子寒天净，元夕冷月孤。

瘟袭鹦鹉渚，疫染汉阳都。

期待东风劲，神州共复苏。

2020.2.8

和诗友（超人）春雪

晨起超人墨笔挥，小斋沐雪树相偎。

勤心铁画书长卷，龙舞初春字欲飞。

2020.3.3

望 雪

风飘曼舞六出花，静寂疏园轻笼纱。

初冷银装含素韵，隔窗诗兴寄新茶。

2021.11.2

七

畅意随吟

鹧鸪天·登山二首

一

如黛青山一望收，清新爽气滤欣眸。
白云闲逸蓝天澈，翠叶飘然曲径幽。
极目处，悦心头。尘嚣远去意悠悠。
澄空辽阔晴方好，诗语常抒任岁流。

二

朵朵白云挂碧空，登高远眺尽葱茏。
山中雨后松青翠，陌上晴初花艳红。
临芳草，沐清风。心无杂绪就从容。
老眸舒放豪情至，屏气沉胸秀几声。

2021.6.6

鹧鸪天·贺中国空间站启用

2021 年 6 月 17 日神舟十二号载人航天飞船成功对接空间站，结束了以美国为首的 16 国研发的国际空间站不允许中国航天员进入的历史，开启了中国人在自己的空间站开展科研工作的新篇章。启用之际，心潮澎湃，感慨万千，填词以记之。

独立攻坚雪蒙羞，空间站启震寰球。

雄心探索飞天路，壮志研发向月舟。

怀远略，励精求。卧薪尝胆复寒秋。

二十八载终成果，一展中华慧智眸。

2021.6.17

鹧鸪天·新年寄语并贺五品诗社二〇二一年会召开

暑往寒来循又春，心怀感慨望星辰。

光阴已染清霜鬓，风雨犹存旧梦痕。

寻芳草，觅知音。欣为五品弄潮人。

今宵寄语苍穹赋，一阕新词颂古今。

2021.12.31

140

小 村

轻烟袅袅绕怡乡，菡萏妍妍漫野塘。

一曲蝉鸣谁与共，归羊正和响叮当。

2014.7.30

闲 吟

悠羊岭上觅闲食，栖鸟林中叽语痴。

放眼丹霞何处是，青枫只待醉红时。

2014.7.30

等

晴空丽日映秋江，又是当阳晒麦黄。

翘首廊桥蹊尽处，归人几待愈情伤。

2008.10.1

初夏冰沟

蝶戏花红簇簇嫣，磐石缀卧细流潺。

欣然忙拭冰清水，顿觉周身别样寒。

2006.5

兰河峪石湖晚照

叠翠青山藏秀色，余晖晚照沐兰河。

石湖潺水凝仙气，瀑落深潭奏劲歌。

2006.5.20

五律·野餐抒怀

鸟唱林声远，风轻掠叶边。

欣驰芳草地，喜沐艳阳天。

情闷襟怀窄，心舒眼界宽。

春光明媚好，踏野尽怡然。

2006.5.28

靓照题诗

装艳映秋光，迎风向远方。

云山留倩影，无限尽思量。

2006.10.28

金明珠初识王志华

久慕大师相见晚，常摹帖法慰心宽。

咏诗助兴抒心趣，把酒明珠醉剑南。

2006.12.8

七律·雨霁清华

本溪供电公司中层干部培训班第二期于 2007 年 3 月 25 日至 31 日在清华大学举办。初涉向往已久的高等学府，心舒意畅，喜至连连。

蒙蒙细雨润无声，万木舒颜叶静萌。

杏蕊桃花含晓露，杨枝柳蔓舞春风。

荷塘月色澄池浅，水木年华烟絮浓。

学子殷殷勤奋早，朝阳万里沐新生。

2007.3.31

七 畅意随吟

143

踏 青

风吹絮柳舞春来，日沐山花应季开。

万物复苏相竞至，寻芳意畅入澄怀。

2007.4.9

五律·晨雾遐思

雾罩山巅远，烟浮旷野悠。

沉思疑入境，放眼纵观楼。

云障千番过，春光万泄收。

心清唯逸处，气畅解排愁。

2007.4.16

张全国印象

孜孜不倦一追求，贯注神情入醉休。

不肯闲茶清逸过，甘于瀚海苦为舟。

2007.4.29

题张全国夜摄春花照

枝头争绽比颜开，暮里花羞入镜来。
独自心怡陶月夜，几得浪漫寄情怀。

2007.4.29

解放林

风清雨霁系童心，竞戏疯争解放林。
落日红霞千万树，怡情醉爱晚松亲。

2007.7.7

新岗周年记

时光转瞬又新年，赴任南芬弹指间。
自问回眸多少事，愧心不敢慰乡颜。

2007.7.12

畅乔迁

阴晨细雨过先前，沐浴清风路顺闲。

日朗云轻舒万里，高朋满座畅乔迁。

2007.7.19

欣喜嫦娥一号发射升空

圆梦千年探月河，蟾宫欣喜奏欢歌。

吴刚桂酒迎新友，袖舞当歌两嫦娥。

2007.10.24

欣悉电业杂志创刊

汇融骚客吟青史，编就百年有电诗。

喜庆创刊逢盛世，盈杯把酒贺填词。

2008.1.30

观三八节女工手工艺品展有感

南芬巾帼展英才，尽显风骚众智开。

凝汇柔心抒壮志，千针锦缎绣情怀。

2008.3.8

送　行

把酒尽杯喝，知己有几何？

人生当惬意，坦荡赋心歌。

2008.3.10

晨雨情思

风飘细雨润春归，沥沥滋萌绿草微。

又踏新途征漫路，时逢大地闪惊雷。

2008.3.13

清平乐·汶川地震

山摇地颤，楼陷行桥断。怒啸岷川发虐难，涂炭生灵数万。　　大难突降天惊，火急速汇援兵。万众齐心抗震，神州尽显亲情。

2008.5.20

沙尘暴

浑浑雾罩蔽曦霞，漫卷黄风尘与沙。

心滞情迟人不振，无神半日望天涯。

2008.5.28

逸人踱园

园桥闷顾任心孤，百蕾争妍视若无。

静谒疏荷迎晚照，独闲一逸沐夕途。

2008.6.30

五律·细雨情思

磐石溪水边，淅沥雨缠绵。

平野松滴翠，高山雾漫烟。

诗情从雅志，酒兴助华年。

不屑凡俗事，乾坤度外闲。

2008.7.12

好友归来

扶桑三载道别长，各历人生暑与霜。

互叙衷肠遗趣事，相宜诚悦话同窗。

2008.8.16

逸人再踱园（自和）

园桥再顾不心孤，谧夜风清闷绪无。

秋月庭湖诗兴起，情舒信步入吟途。

2008.9.23

观秋杨落叶

霜露淋欺树，秋杨落叶黄。

严冬冰雪后，枝嫩又春光。

2008.10.16

品读《中华诗词》

雨骤风疾掠北窗，寒侵更夜感秋凉。

痴读卧榻凌宵尽，吟对黎灯品宋唐。

2008.11.8

别　思

相厮疏惬意，行远倍思亲。

瑟瑟更风起，惊飞梦呓心。

2008.12.11

七律·调任电建公司

峥嵘岁月忆云烟，清逸空楼一载闲。

随任南风吹玉树，只吟北雪颂金兰。

冰心禅境平如水，墨海诗田醉若仙。

又展宏图催令下，夕阳再度照征帆。

2009.5.25

车行南芬即景思怀

闷绪去心舒，葱茏绿景熟。

星星淅沥雨，点点润思湖。

2009.6.19

清平乐·挚友相会明珠酒店

同窗欢聚，把酒明珠叙。悉数东南西北趣，即兴评研仄律。　　忙碌人海悠悠，知音广觅难求。忆往开怀常乐，青春永驻千秋。

2009.8.14

七
畅意随吟

151

五律·玉龙观文人墨客聚首

古刹钟声远，禅缘聚众贤。

挥毫书义卷，泼墨写诗篇。

访古寻踪履，探幽觅钓岩。

烟胜弥庙宇，香火胜从前。

2010.2.27

临江仙·钓鱼台玉龙观游思

南芬钓鱼台玉龙观重修扩建，开辟"文华苑"专供文人墨客活动场所。

忆往乾坤追溯古，千年逝岁悠长。磐崖细水印沧桑。飞檐衔日月，碧瓦历风霜。　赖有贤能逢盛世，缘结重塑残堂。烟笼古刹绕沉香。文华兴艺苑，翰墨始流芳。

2010.6.28

临江仙·清风斋闲聚

悦耳蝉鸣声阵阵，清风舞叶翩翩。柴门临对水潺潺。芳花开四野，硕果累枝繁。　小院缘情人广聚，闲斋毕至群贤。心愉和唱赋桃园。陶公今又在，岁岁喜耕田。

2010.7.13

大峡谷金鸡石

　　传说金鸡伴仙人采药至此，执意捕食，不幸走散。仙人走了，而金鸡却执着地呼唤着、等待着……

鸣空千载梦难圆，历变岩石意也坚。
相比诚胸人尚小，执着信守待归仙。

2010.7.20

闲吟三首

一

从容淡定看乾坤，往事纷争过眼云。
马放南山归隐处，品研普洱润轻身。

二

悟醒人生路漫长，豁然宦海历沧桑。
心清吟品诗书味，志雅习闻翰墨香。

三

晚赋抒心律，闲吟助我神。
夕阳无限好，勿虑近黄昏。

2011.8.11

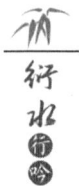

登沈南马耳山

雾淡山朦石径远，霜天叶落树萧残。

时虽满目无荫绿，纵览群峰依悦然。

2011.11.6

浴天沐温泉

细雨蒙蒙滤热烟，温馨露浴尽缠绵。

池中悟享人生趣，释去心缘多少年。

2011.11.25

与保伟、孙学、建洲三兄午聚

疏离少见怨时长，别久相逢酒溢觞。

不论春风曾几度，悠然一笑对夕阳。

2011.11.28

思 亲

难犁念绪深，壬午夜思人。

何奈无明月，虚怀孤自斟。

2012.2.2

元宵节烟花

飞花闪烁竞空鸣，落絮飘摇簇锦星。

又是一年盈月满，几多往事忆衷情。

2012.2.6

为本溪双花速滑队题作

趣练勤琢以健身，置中心悦又怡神，

风轮飞快轻如燕，潇洒闲情半百人。

2012.7.23

响水沟生态园品茶

老茶复煮溢香稠，聚品研茗响水沟。
碧野清幽鸣翠鸟，情舒意畅掠心头。

2012.7.29

小区夏晨

楼宇青山间或远，怡晨鸟悦脆声连。
心舒小苑居安乐，颐享和谐盛世年。

2012.8.5

为一张林青水净照题抒

林青水净透光柔，气畅情舒阅忘愁。
放却人生多少事，陶园湖里荡心舟。

2012.10.19

临江仙·观照片

美景绝伦何处？清晰碧水蓝天。白云飘淡绕山巅。劲松苍翠立，飞瀑溅轻烟。　　悦目怡情思远，澄怀喜跃眉端。欣然捉笔赋诗篇。瑶池仙境地，如是坠人间。

2012.10.25

琢　诗

修辞炼句费眠思，润字精琢意醉痴。

复校无缺成几遍，方能止笔叙心诗。

2013.1.18

清平乐·本溪药都规划盘前听解

青山碧水，规划宏图伟。横纵交通城际轨，更显新城尽美。　　精运细划于微，事从战略思维。企业转型势必，药都发展腾飞。

2013.2.8

读诗赏景听古筝"云水禅心"曲

好诗悦目终不忘，美景激情促笔狂。

逸享悠筝弹古曲，禅心云水荡回肠。

2013.2.22

清明怀故三首

一

人间孝道胜花红，祭祖传承华夏风。

念故思亲瞻后继，文明寄愿厚深情。

二

相思无限念千重，最愿咏怀寄语中。

一首新词追慰藉，娓娓赞颂故人生。

三

峻岭山林慕，郊原草木悲。

清明圆慰祭，印梦故人归。

2013.4.3

与诗友接龙赋诗三首

一

心舒情悦品非凡，赋也欣来对也欢。
畅咏青山吟秀水，灵池一泄满诗田。

二

作尘作雪任犹酣，怎奈春迟畅意闲。
欣赏佳词着案笔，习文弄墨竞书帆。

三

怡园又入惹思牵，带韵春山慰我欢。
醉品桃花飞妩媚，闲吟绿水润心田。

2013.4.15

七律·痛雅安地震

悲情隐痛掠心头，噩耗突袭虐九州。
地陷山崩围堰塞，桥塌石阻路行愁。
军民携手争援助，党政齐心献智谋。
华夏子孙怀壮志，山河重整正雄赳。

2013.4.23

贺本溪市诗词学会第五次会员代表会议成功召开

欣迎古树吐新枝，蓄势春风正舞时。

为有诗坛兴盛事，争吟竞律复填词。

2013.4.27

五律·午间散步

微风飘紫絮，甬路散花香。

嫩柳梳风缓，骄阳弄影双。

春迟苏壤滞，人早侍农忙。

天道酬新律，勤耕墨苑芳。

2013.5.14

五律·茶友河边野聚

雨沥青山翠，风疏绿野鲜。

雾云轻戏水，岸柳巧拂烟。

吾奏悠扬曲，君拉惬意弦。

香茗沏雅兴，趣语润心甜。

2013.7.13

把酒醉风亭

——和志华兄作

苍山雨润汇云腾，旷野烟浮幻景生。

把酒临崖仙去处，邀天共饮醉风亭。

2013.7.31

赏蝉鸣

——和志华兄作

叶茂枝繁避暖风，溪喧泉闹和蝉鸣。

不惟声远居高傲，心志执着叙晚情。

2013.8.1

赏塘荷蜻蜓图

塘荷莲子落纷飞，独赏蜻蜓执意随。

初蕾春期虽已去，洁身韵味诱心扉。

2013.8.9

鱼　趣

——和诗友作

莲花绽放立萍中，几尾闲游其乐融。

虽是鱼肥增诱色，慈心怎忍做渔翁。

2013.8.12

题阳台牵牛花照

柔韧青藤连旺根，虬枝颈挺显精神。

优容紫韵通灵艳，并蒂双花似主人。

2013.8.15

临江仙·为南芬区下马塘苗可秀学校题

朦瞳悲嚌追思泪，缅怀一代英雄。凛然正气贯长空。从容就义，铁骨傲苍穹。　　捐躯卫国尤为敬，忠魂抚慰乡情。育人施教寄英名。新苗可秀，苗可秀新生。

2013.11.21

英雄精神永存

——寄语南芬区苗可秀学校

信仰忠诚主义真，丹心铁血铸雄魂。

凛然浩气传千古，不朽精神育后人。

2013.11.25

赞抗日英雄苗可秀

——和全国兄作

悬颅溅血祭河山，肝胆虽涂笑慰天。

御寇从戎为社稷，丹心誓死捍轩辕。

2013.11.30

排律·有感南芬文化现象顺贺区文联
第二次代表大会召开

本溪市南芬区人才济济、文化繁荣。有书法、绘画、诗歌、小说、篆刻、摄影、音乐、舞蹈、观赏石等协会，各有辉煌的成就，地域文化异彩纷呈。

区域繁荣艺苑兴，缤纷异彩誉山城。

放怀泼墨狂龙舞，信手挥毫艳鹤鸣。

景摄丹枫霞万道，诗抒碧水浪千重。

欢歌谱写辉煌曲，曼舞横生壮丽情。

青砚雕琢神妙态，奇石彰显自然风。

群英荟萃细河谷，巨将层出永安东。

喜慰文才人济济，扬波艺海竞帆行。

注：永安——南芬地名，书法家王志华先生出生地。

2013.12.30

振仁兄送我"盛元"奇石印章

纹清质密袖珍石，微景天成抚看痴。

万物尘间何在小，通灵神韵意生诗。

2014.1.26

164

石友拜山

鞭鸣絮炫暖春寒，众友虔诚祭拜仙。

祈祷山神休怪我，奇石灵韵诱人间。

2014.3.2

南芬汉道怀古

千古悠悠岁月长，清辙史迹印沧桑。

时习驭驾嘶鸣起，辘辘余音绕耳旁。

2014.4.16

南芬日伪时期断桥遐思

残桥默默蓄仇深，辱史昭昭警后人。

欲振中华须努力，倾心圆梦慰忠魂。

2014.4.16

五律·夏日山行

雨霁芳花散，潭盈泻水喧。

风清拂野阔，气爽滤心宽。

一望青山远，频听栖雀欢。

吟行随鸟和，即兴赋流年。

2014.7.22

临江仙·欣悉燕东诗社成立

装点关山山似锦，层林尽染秋浓。丹青叠韵绘霞峰。川川皆醉意，岭岭更多情。　　且喜艺园兴盛事，恰逢胜境枫红。篇篇诗咏颂燕东。锦书飞贺雁，遥寄众心声。

2014.10.20

和友人

婉言句句叩心阶，含语凄凄叙远别。

初蕾才婷花未至，春心何必欲芳歇。

2014.10.20

为诗友题照

倩影依依媚态痴，慈眸切切两相知。

情怀浪漫无穷至，尽在婀娜入画时。

2014.10.31

观电影《匆匆那年》

——为几名年轻人的情感经历而感

当惜情感勿朦生，尤记曾经风雨程。

逝去年华如覆水，无缘只怨太匆匆。

2014.12.7

题南芬文联未年诗词挂历二首

一

未年每月一诗文，群儒心歌句句珍。

满纸香浓着墨处，源之五品弄潮人。

七 畅意随吟

167

二

舞墨名家字若金，众贤润律悟禅心。
一帧一幅皆唯美，尽赏诗文月月新。

2015.1.16

露浴碧湖泉

闪烁霓虹映碧都，云蒸雾绕入瑶湖。
仙姿是否临池浴？疑笑柔声影却无。

2015.1.26

心驰幽境

清新幽境惹心驰，灵感风习动笔思。
会赏尘寰皆美景，畅愉缘自遇相知。

2015.6.18

浪淘沙·师生相聚

风雨四十年，弹指挥间。趣然往事若昨天。难忘青春慈母训，温语轻言。
杯酒敬尊前，尽饮倾欢。依依别后叙恩缘。俗愿诚心相以贺，永驻春颜。

2015.9.25

回友人

夜雨潇潇洒满楼，寒风瑟瑟掠枝头。
霜侵残叶留丹在，何必轻言心上秋。

2015.10.9

茶友新罗亭小聚

相约传信独，能饮一杯无？
窈妹温清酒，新罗小聚舒。

2015.11.25

贺时光味道茶友群开通

时未逢春春到家，光融信暖小茶吧。

味虽不解常言趣，道道香茗话桑麻。

2016.1.12

无　题

寒岭梅枝欣遇雪，清词酌韵喜春时。

东篱尽赏西江月，把酒南山夜论诗。

2016.1.31

水仙花

水波仙子玉娉婷，须骨舒颜楚楚清。

不慕流光疏艳色，只留文雅衬芳名。

2016.2.2

蕙 兰

清新蕙质淡如霜，不入流俗议短长。

曲叶柔蝶翩若舞，怡人疏媚满庭芳。

2016.2.5

全国兄送我亲绘多寿图

仙源灵气汇毫端，泼墨枝头寿果鲜。

鬓欲霜白抒蓄意，时逢瑞雪入申年。

2016.2.5

冬日观一幅春柳夕湖照

夕阳默默柳垂花，轻展柔丝挽落霞。

欲览江南春絮景，风飘雪后是芳华。

2016.2.13

青云居星夜二首

一

浩瀚星空月夜明，悠悠筝曲伫崖听。
避去喧嚣疑忘我，青云居里尽诗情。

二

把盏临风易纵情，溪山夜诵满天星。
青云小聚闲来客，借酒诗怀醉月明。

2016.2.28

锦山徒步

蛰晨雨霁路林清，紫雾峰巅漫绕行。
了却相约曾几次，心怡信步望江亭。

2016.3.5

贺姜长生入五品诗社

长生坊里话长生，久愿结缘心意诚。
可庆今得成五品，欢歌一曲赋真情。

2016.3.9

七律·贺姜长生入五品诗社

又入新朋叙友情，喜逢三月沐春风。
心抒细水缘难断，诗赋南山兴更浓。
五品人中吟五品，长生坊里话长生。
细嚼坎坷尘间事，不慕荣华祈善终。

2016.3.9

月夜行思

园柳垂丝醉月明，春花夜放了无情。
谁能一解心中事，唯有清风伴我行。

2016.4.15

送友人

川原四月舞春风，鸿雁高飞欲远行。

此去难别思倩影，劳歌一曲寄相逢。

2016.4.22

为友人在深山所拍几朵带露小花照题

欲滴香露透晶莹，娇嫩嫣容玉质清。

闭锁深山犹兴致，欣欣相竞秀娉婷。

2016.6.15

露台心曲

静沐夕晖独自酌，清风和煦似评说。

欣然几度人生事，一路蹉跎一路歌。

2016.7.9

为同事晨拍湖光山色题

柔光山色晨方好，晓雾平湖镜影双。
疑落瑶池生幻景，欣眉一展去愁肠。

2016.8.23

河边雅对

水中小艇溅飞花，天上闲云伴落霞。
白鹭双双穿眼过，尘缘放却尽芳华。

2016.9.10

再赋崖柏

襟怀傲骨立苍崖，朝沐清晖晚沐霞。
无怨根须着逆境，任由风雨著芳华。

2016.9.21

赏老鸹眼根雕

朱黄相映养人眸，巧弄拙雕雅韵悠。
古润浑然难释手，痴情续品醉方休。

2016.9.21

沧桑崖柏小品

沧桑古朴去雕琢，似有千言欲述说。
雅致镂空藏秀品，闲悠小鸟探尘河。

2016.9.21

七律·崖柏根雕

百年陈化历沧桑，一载琢雕呈凤凰。
糟粕剔除生古韵，精华留取沁新香。
清柔劲曲舒身秀，飘逸挺拔蕴骨刚。
把酒当抒天赐美，欣然醉写入诗行。

2016.9.24

闻茶友温泉闲浴

天高气爽煦风和，尽享温泉沐浴歌。
不问得失荣辱事，曾经宦海化烟波。

2016.10.29

竹墨轩品茶听琴

香茗一品静凡尘，清秀纤柔抚古琴。
落雁平沙萦府邸，雅轩含韵寄禅心。

2017.1.8

五品诗社成立十周年接龙诗二首

一

珠玑字字是知音，十载挥毫写古今。
情醉南山诗醉我，欣然五品弄潮人。

如家五品好温馨，兄妹争接比赋频。

桃醉春风春又唤，年年年会聚南芬。

2017.1.19

七律·贺婉菁拜师习画

几问香薰几问茶，酉初又聚婉菁家。

沧桑世故人方好，坎坷经生气更佳。

半百吟诗成雅客，六十习墨即仁侠。

师从画业由今起，艺海平添一绚葩。

2017.2.6

贺张丽萍儿新婚庆典

双欣喜鹊戏春枝，对悦鸳鸯恋碧池。

结拜相依圆母梦，群贤诚挚贺新诗。

2017.5.20

清平乐·北戴河

——和诗友作

龙头之上，放眼襟怀畅。碧海天连依万象，朵朵白云绽放。　　身临古迹寻仙，前人遗赋篇篇。白浪碣石犹在，欣然无限江山。

2017.6.30

赞中粮集团

燕州福地踞龙乡，屹立全球五百强。

诚信诚心成大业，千秋华夏颂中粮。

2017.7.3

又聚月明山庄

淅淅雨润青山秀，满域烟浮绿谷幽。

小径山庄含雅韵，疏篱又忆去年秋。

2017.7.7

露台晨情

斜照初晖新雨后，庭台小鸟叫檐头。

心舒源自晨风爽，诗起因由远野幽。

2017.7.10

观电影《战狼2》有感

除暴安良慰友心，赤诚侠胆满胸襟。

铮铮铁骨男儿志，家国情怀昭世人。

2017.8.16

观柳濠河荷花不见蜻蜓

粉淡饰娇腮，娉婷竞艳开。

曾争初蕾立，今晓哪徘徊？

2017.8.19

七律·夜浴枫香谷

清风是夜月如钩，旷幕繁星撩远眸。

小榭喧萦烟袅袅，空山静卧影幽幽。

于怀岁晚思香谷，放眼深秋赏碧楼。

露浴温馨期梦浅，怡情几许掠心头。

2017.10.25

枫叶酒店

驿馆独居闹市中，轩名典雅冠枫红。

真情笑纳八方客，实意诚接四海朋。

2018.3.19

浪淘沙·赞枫叶酒店三位一体特色经营

转制启风帆，寻辟商缘。不思进取步维艰。开创整合兴伟业，细悟精研。

起步即高端，理念超前。主题模式入馨园。三位协调成一体，勇续新篇。

2018.3.27

孟总西沟草舍

曲陌幽幽草木深，依情寂寂避红尘。
香菊采弄东篱下，痴沐夕阳以入神。

2018.6.3

月夜随风

夜空静谧寄闲思，杯酒缠绵一念迟。
凉爽清风吹几许，随缘顺以任由之。

2018.7.18

残架老黄瓜吟

也曾繁茂溢芬芳，青翠茵茵硕果藏。
虽是残藤欺老叶，垂瓜依旧镀金黄。

2018.7.25

收到没有签名的生日礼物

岁入夕阳已暮途，六十风雨近成枯。

庆生礼物无名至，虽是迷蒙心也舒。

——谨以此诗感谢友人并记之。

2018.8.8

慈　怀

合享亲情仁爱多，家融福汇倡人和。

欢愉更有心胸暖，乐满同堂启颂歌。

注：藏头诗。

2019.3.6

待　客

和煦风吹敞户开，温馨茶道润澄怀。

只因通会三兄意，盛待知心老友来。

2019.3.22

为汉卿贤弟途拍题照

家山迤逦醉吟途，户外阳光景色殊。

老树春花催朽木，千枝萌态入心图。

2019.5.5

庆祝中国共产党建党九十八周年

回首不堪国运衰，列强残虐似狼豺。

红船火种惊天起，一吼东风怒卷来。

2019.7.1

独　饮

鸣燕低袭掠露台，纷争慰我做钦差？

别当解闷都能事，唯有知心好友来。

2019.7.11

鸣　暑

晨曦窗外暑天蒸，蝉树荫篷续竞鸣。
闲适吟歌相和美，沏茶把扇种安宁。

2019.7.29

月色荷花照

亭湖月色饰芯灯，点点晶珠浮翠萍。
一想曾经风雨细，温馨漫聚响叮咚。

2019.8.2

题茶诗

一呷浓气绕，再品口生香。
常饮身心健，久酌宜岁长。

2019.8.5

乐事随吟

——今天生日，朋友晚上十点追信戏贺

贺寿传音倍感亲，祈随星夜戏良辰。

虽迟未过三更事，唯有真诚可见心。

2019.8.8

题朋友微信墨底无名小花照

仙葩绽放玉脂凝，嫩蕊娇柔底色清。

默默祥开禅不语，无心与世秀娉婷。

2019.8.12

盆　景

不显峥嵘不显衰，身姿挺挺缀厅台。

虽无媚蕾夺人眼，默默只期雨润开。

2019.8.15

五律·周末山庄友聚

雨霁空山秀，小庄花满园。

秋庭虬渗水，阶路润浮烟。

藤架留荫密，清风舞叶喧。

难得闲去处，把酒尽言欢。

2019.8.16

题小乐队

一群老顽童，乐动品人生。

弦弄东篱下，青山夕照明。

2019.12.28

记五品诗社二〇二〇年会

时光序转又新年，满座高朋聚雅轩。

把酒城南追往事，子春文苑动心欢。

2020.1.11

立夏初晨

温柔夜雨润青畦，入夏晨闻百鸟啼。
水岸晴杨盈翠色，朝阳一抹照新衣。

2021.5.5

清平乐·和诗友大冰沟夏季冰瀑

瀑冰同现，盛夏天来半。翠树迎光真耐看，奇景令心震撼。　　惊史虫可言冰，先人折尽无声。今有聪明贤士，开发处地扬名。

2021.5.20

暑夏品茶

沏茗逸品续香浓，荫蔽蝉鸣悠戏听。
宦海尘烟悄隐去，清平心底豁然生。

2021.7.29

登　山

风息潮热暑天蒸，曦岭层峦着雾蒙。

阵阵蝉鸣遥应起，青山活力尽由生。

2021.7.31

二〇二二北京冬奥会闭幕式

悠扬舞曲绕空鸣，折柳深情送远朋。

但愿寰球春色好，期缘下届再相逢。

2022.2.16

五律·露浴清水湾

夜幕三春里，星空一月钩。

烟拥庭榭静，树隐洞泉幽。

露浴温馨处，浅思惬意留。

千山诗境远，再赋悦心头。

2022.3.7

临江仙·壬寅三月三观读《兰亭集序》感怀

文墨难如古俊，书怀怎比先哲。流觞曲水赋心说。寄诗抒畅绪，把酒助春波。　　无奈时光荏苒，噫嗟岁月蹉跎。唯有文字记山河。兰亭千古颂，集序一觞歌。

2022.4.3

后　记

我热爱古典诗词并痴心醉写至今已有二十来年了，但真正懂得和掌握格律诗的规律，还是 2006 年认识辽宁本溪南芬区文联主席王志华之后的事了。

2005 年，朋友送给我一幅王志华主席的书法作品《惠风和畅》和一本《我思我写》，因为我平时爱好写点古诗词，所以就非常喜欢，爱不释手。2006 年 6 月，我由溪湖供电公司调来南芬供电公司工作，办公桌上就放了朋友送我的这本《我思我写》。一天同事见了，问我："认识王志华主席吗？"我说："不认识。"他说："哪天给你介绍一下？"我说："好啊！尽快。"就这样我们相约在一起吃了一顿饭，当时一见如故，兴奋无比，开怀畅饮。同时我也结识了张全国，大有相见恨晚的感觉。那天之后我写了一首小绝《金明珠初识王志华》："久慕大师相见晚，常摹帖法慰心宽。咏诗助兴抒真趣，把酒明珠醉剑南。"（这是后来修改的，当时还不懂格律）第二次见面，王志华主席给了我一本关于近体诗格律方面的小册子，我如获至宝，有时间就学习研究。按新学的格律知识，修改之前的习作并试写，直至领会弄通。如今回忆起来，志华兄应是我诗词写作的领路人。

2007 年初，我在志华兄和全国兄的引荐下又结识了具有相同爱好的孟令财、单德忠，同时我们在志华兄的倡议下成立了诗社；全国兄建议叫五品吟社，后经过磋商确定为五品诗社。后来，全国兄又设计了社旗、社徽，从此我们五品诗社进入了一个有组织、有计划、有活动的蓬勃发展时期。这段初识过程，志华兄戏称为神交，一段佳话说至今。我们一起组织有专题的采风活动，发展社员，建立微信群，加强沟通，交流诗词创作经验。诗社每年召开年会，总结、布置下一年工作，并结合南芬桃花会，按专题搞诗词创作。

几年间，诗社社员积累了大量的诗词作品。我们又及时组织出版了《五品雅风》一、二卷和每年桃花会专辑《桃醉春风》若干集。五品诗社和南芬诗词书画界的朋友们结下了不解之缘。十多年的时间过去了，在五品诗社这个团队中，我坚持学习、创作。山水吟咏，感事抒怀，诗词创作已成为我生活的一部分。同时，我把诗词创作视为人生旅途的一种记录，一种抒发情感和讴歌美好事物的方式。修辞酌句、研习平仄中，精神和思想得到了一种享受与升华。几年来，利用闲暇时间，我创作了五六百首诗词作品。收录于本集的大部分作品是近几年来创作的诗词作品，有500余首，本集还收录了《五品雅风》一、二卷及《桃醉春风》的部分作品，这次做了部分修改。

另外一点要说明的是，此书所有的诗词都是按《中华新韵（十四韵）》规则创作的。但作为古典诗词的爱好者，我认为，也应尽量知晓《平水韵》《词林正韵》《宽韵》等的发展过程，以至于更好地赏读和理解先人古诗词的韵味、意境。

关于填词方面的粗浅认识和说明。

先人用他们的智慧创作了大量的作品，留下了不朽的篇章，词牌就有千余个。同一词牌下又有几种形式，要想都练习到，实为难事，也没有必要。这本诗词集，选词100余首，只用到了10个词牌。这10个词牌中，我用过较多的有临江仙、清平乐、西江月、浪淘沙和鹧鸪天。

临江仙采用了58字和60字两种格式。按网上《诗词吾爱》（钦定词谱）软件提供的检测格式，58字的有李煜、徐昌图的两种格式，平仄要求不一样，我是按徐昌图格式填的。60字的有顾夐、贺铸的两种格式，同样他们两位的平仄要求也不一样，我是按贺铸的格式填的。还有向子56字格式，晏幾道62字格式，冯延巳、王观59字格式，平仄要求都不一样。我认为同一词牌下，能掌握一两种就可以了。58字的临江仙，上、下阕的头两句和尾句可以填成对仗形式，所以我尝试着填了几首。而60字的临江仙只有上、下阕的尾句可以追求对仗形式。还有徐昌图、贺铸的格律要求宽泛一些，易于创作，这也是我写作时选择临江仙58字和60字，以及徐昌图、贺铸格式的理由。

清平乐只有一种46字的李白、赵长卿的两种格式。都是上阕4句4仄韵，下阕 4 句 3 平韵。好处是一首词中，上、下阕可以换韵，意识表达宽泛。李白、赵长卿的两种格式的平仄要求也不一样，我用的都是李白的格式。

西江月有 50 字的柳永、苏轼、吴文英的格式，还有 51 字欧阳炯格式，56 字赵以仁格式。我用的是 50 字柳永的格式。选用的理由，同样是格式宽泛，上、下阕各 4 句 2 平韵，同样可以追求上、下阕头两句的对仗。

浪淘沙有李煜、宋祁的 54 字格式；柳永的 52 字格式；杜安世 53 字、55 字格式。同样的理由我选择了格式比较合适的 54 字李煜的格式。有一点要说明的是以上的几种格式在网上《诗词吾爱》软件检测中都被归纳为浪淘沙令。

鹧鸪天就一种格式，双调 55 字。上阕 4 句 3 平韵，下阕 5 句 3 平韵。但要求第三、四句与三言两句要求对仗。

其他填过的几种词牌，我只有一两首，这里就不一一赘述了。我的填词原则就是格式合适，易于创作，同一词牌下用熟一两种就可以了，不必求全。以上是我这几年来填词创作中的一点体会和心得。

《衍水行吟》的付梓，首先要感谢五品诗社的兄弟姊妹们多年来的相互帮助、相互提携，是五品诗社成就了大家、成就了我；感谢志华兄引领我在古典诗词中遨游，更感谢志华兄为我题写了书名；感谢全国兄提出了很好的建议并为我的书撰写了序言，为此次成书提供了很大的帮助。亦有许多亲朋挚友为我的书提供了支持与帮助，在此一并表示谢意。

王占元

2022 年 3 月 15 日

后记